U0153233

中國文學教材系列

漢魏六朝詩選

柯金木 著

序　例

一、本書編選之作品，適合高中以上之學子及一般人士研讀學習，內容力求
　　淺顯易懂，不作過多考證或學理論述。

二、本書共有四單元，每一單元皆可獨立教授。

三、每單元之各篇作品，自有其關聯性，例如古詩十九首具有許多共同之主
　　題或表現手法，讀者宜多致意其中「一以貫之」之處。

四、選錄之作品皆有代表性，並以適於教學爲主。

五、每單元前有簡易介紹，後有問題與討論；每一作品有題解、本文、譯
　　文、賞析；註解使用當頁註，便於檢索、對照。

六、各篇作品之賞析，特別著重字、詞、段落、篇章之結構分析與修辭技
　　巧，並兼及作品之主題分析，有助於讀者提昇賞析詩詞之能力。

七、部分作品特別說明韻腳所在，尤其今人對於入聲韻較爲陌生，本書於此
　　則一一註明。

八、部分作品之觀點，或與坊間他書有異，例如〈上山采蘼蕪〉一詩，本書
　　以爲乃棄婦自我慰藉之作，讀者亦可自行判別何爲的解。

九、部分作品後，另附「延伸閱讀」之詩詞，可與該作品合併觀賞，尋繹其
　　相互發明之處。

十、本書乃授課餘暇之作，前後耗時五、六年，其中疏舛，必然所在多有，
　　敬祈各方　賢達不吝賜正！

目錄

單元一 古詩十九首

古詩十九首概述
　　◎古詩十九首簡介
　　◎古詩十九首的主題思想
　　◎古詩十九首的藝術特色
古詩十九首作品

古詩十九首概述

◎古詩十九首簡介

　　古詩十九首是一組中國五言古詩的統稱。這些詩共有十九首，一般認爲是漢朝的一些無名詩人所作。最早由梁朝蕭統編入《昭明文選》，並命名「古詩十九首」。

　　古詩十九首的各首原本沒有題目，後人就將「首句」作爲詩題。這些作品的內容主要是描寫夫婦、情人和朋友間的離別和思念或是讀書人的失意與願望，經常透露出人生無常、生命苦短的情緒。語言風格大多質樸直率，沒有太過度的修飾，一般人都可以輕易的理解。而在意境的布設方面，卻有許多深沉婉曲的情思，就比較像是經過文人的整理與錘鍊。

　　有關古詩十九首的作者，一般認爲不是一個人所寫，也不是一個時期所作，根據作品中的內容題材以及語言風格來判斷，大概可以推測應該是東漢末期前後的民間詩歌。在他們收入《昭明文選》時，很有可能經過文人的潤飾，使得作品的文思與技巧，都有較高的表現與成就。

　　清代的沈德潛評論說：「古詩十九首，不必一人之辭，一時之作。大率逐臣棄婦，朋友闊絕，遊子他鄉，死生新故之感。或寓言，或顯言，或反覆言。初無奇辟之思，驚險之句，而西京古詩，皆在其下。」

　　古詩十九首在中國文學發展的歷史上，承繼了《詩經·國風》的精神，對於民間社會的現象，有十分深刻的披露。向下則是啓發了建安文學的詩風，讓這種樸質的詩歌傳統，更加發揚光大，影響了後代詩人的創作。

◎ 古詩十九首的主題思想

1. 離別主題

　　古詩十九首的主題大多頗為鮮明，像是「離別」就是古詩十九首最顯明的主題。在十九首之中，只有〈青青陵上柏〉、〈今日良宴會〉、〈明月皎夜光〉、〈迴車駕言邁〉、〈驅車上東門〉、〈生年不滿百〉這六首詩與離別無關，其餘的十三首不是思婦就是遊子所表達的思念與感傷。而在離別的主題之下，可以再細分出人、事、時、地、情幾項元素。

　　人的部份，作品中的主角不是遊子便是思婦，例如〈行行重行行〉的「遊子不顧反」，或是〈涉江采芙蓉〉的「還顧望舊鄉，長路漫浩浩」都是遊子的感傷之詞。而〈青青河畔草〉的「蕩子行不歸，空床難獨守。」以及〈孟冬寒氣至〉的「一心抱區區，懼君不識察。」則明顯是思婦的哀婉之語。

　　在事件方面，古詩十九首的離別詩，大部分與「事業未成」有相當的關係，例如〈去者日已疏〉的「思還故里閭，欲歸道無因」，原本迫切希望回去故鄉，卻說是「道無因」。「道無因」，是指找不到路，但為什麼找不到路呢？其實這裡的「因」，真正的意思是「理由」。為什麼沒有理由？想要返鄉需要什麼理由？比較合理的推論，是遊子出外奮鬥，如果事業上沒有成就，會覺得沒有面子返鄉。這種心情對照〈冉冉孤生竹〉的「君亮執高節，賤妾亦何為？」除了遊子的角度轉換成思婦之外，「不得歸」引起的相思之苦，成為遊子思婦最深沉的無奈。

　　在時間的元素方面，這些離別詩常常表現出長時間的分離，或是歲暮帶來的感傷。前者例如〈凜凜歲云暮〉的「獨宿累長夜」，「累」表達了經年累月的離別；而「長」則是與〈孟冬寒氣至〉的

「愁多知夜長」一樣，在無數個黑夜裡，因為心中憂愁而難以成眠，就特別地感受到夜晚的漫長。這中間的相思，又往往在「愁思當告誰」的無奈中，加深了思婦的煎熬。其次，歲暮原是家人團聚的時節，特別是新年時，卻因為事業無成，「欲歸道無因」，真是何等的傷悲！像是〈東城高且長〉的「歲暮一何速」，引起最後的「思為雙飛燕」，就是很鮮明的例子。又例如〈凜凜歲云暮〉或是〈孟冬寒氣至〉的歲暮與孟冬，都將時間指向一年的盡頭，這個時節的相思，最容易觸景傷情，也更加盼望夫妻團圓相聚。

在離別主題當中，距離遙遠往往令人倍感無奈與傷悲。這個部分又衍生兩種表達方式：一是直寫彼此相隔的遙遠，例如〈涉江采芙蓉〉的「所思在遠道」、「長路漫浩浩」，或是〈客從遠方來〉的「相去萬餘里」。二是希望化身禽鳥，克服兩地相思之苦，例如〈東城高且長〉的「思為雙飛燕，銜泥巢君屋。」或是例如〈凜凜歲云暮〉的「亮無晨風翼，焉能凌風飛？」

最後談的是「情」，離別之後，回想離別之際的錐心之痛或是離別之後的無盡相思，在情感的表達上，其實相當多樣。第一種是直寫思念的痛苦，例如〈行行重行行〉與〈冉冉孤生竹〉都有「思君令人老」的句子，與〈涉江采芙蓉〉的「憂傷以終老」相似；而〈凜凜歲云暮〉的「垂涕霑雙扉」與〈明月何皎皎〉的「淚下霑裳衣」、〈迢迢牽牛星〉的「涕泣零如雨」相近；另外〈孟冬寒氣至〉的「愁多知夜長」則是十分沈痛的真實寫照。第二種是思婦的堅心自誓，例如〈孟冬寒氣至〉的「一心抱區區，懼君不識察」，以及〈客從遠方來〉的「著以長相思，緣以結不解。」第三種是愁苦無人能訴或者是面對離別的無奈，例如〈明月何皎皎〉的「愁思當告誰」、〈行行重行行〉的「棄捐勿復道」、〈冉冉孤生竹〉的「賤妾亦何為」、

〈庭中有奇樹〉的「但感別經時」、〈迢迢牽牛星〉的「脈脈不得語」。其中特別是思婦的作品，不管是過去社會的封閉，或是女子必須恪遵的婦德，都不容許女子說出自己的孤寂，以免遭致不安於室之譏，也使得這些作品在濃濃的相思之中，加添了幾許無人可訴的無奈。

2. 生命主題

　　古詩十九首對於生命的態度，大多表達出生命短促的感受。在十九首當中，〈青青陵上柏〉、〈今日良宴會〉、〈迴車駕言邁〉、〈驅車上東門〉、〈生年不滿百〉這五首作品，都有突顯生命苦短的句子，例如〈青青陵上柏〉的「人生天地間，忽如遠行客」，或是〈迴車駕言邁〉的「人生非金石，豈能長壽考」、「奄忽隨物化」。除了這五首主題直接與生命有關的作品之外，又如離別主題的詩作中，也會出現像「歲月忽已晚」（〈行行重行行〉）、「時節忽復易」（〈明月皎夜光〉）、「過時而不采，將隨秋草萎」（〈冉冉孤生竹〉）、「四時更變化，歲暮一何速」（〈東城高且長〉）、「去者日以疏，來者日以親」（〈去者日已疏〉），這些句子強調了時間的快速流逝，事實上也與「人生幾何」的感慨有關。

　　在人生短促的刺激下，十九首的作者群循著兩條思路前進：一是應該及時行樂，〈青青陵上柏〉的「斗酒相娛樂、極宴娛心意」、〈驅車上東門〉的「不如飲美酒，被服紈與素」、〈生年不滿百〉的「為樂當及時，何能待來茲」，屬於這種思路；另一種是及早建立個人功業，〈今日良宴會〉的「何不策高足，先據要路津」以及〈迴車駕言邁〉的「盛衰各有時，立身苦不早」、「榮名以為寶」則是這種想法的代表。

　　進一步來看，對於生命短促的感受，大多頗為強烈，從「忽」

字的使用，就可以看得出來。所以不管是〈行行重行行〉的「歲月忽已晚」、〈青青陵上柏〉的「忽如遠行客」、〈今日良宴會〉的「奄忽若飆塵」、〈明月皎夜光〉的「時節忽復易」、〈迴車駕言邁〉的「奄忽隨物化」、〈驅車上東門〉的「人生忽如寄」，這六次的「忽」，說明了作者對於人生的「倏忽」與無常，有著十分深刻的體會。

在生命短促的刺激下，十九首的作者並沒有走上消沉、頹喪的道路，反而是轉向比較正面的積極建立個人功業或是及時行樂，就這一點而言，十分值得後人學習。

◎古詩十九首的藝術特色

古詩十九首的藝術特色，簡要地說，可以從下列三點加以說明：

1. 時間與動作

古詩十九首所寫的時間與動作，往往不是一個時間點，也不是單一的一個動作。例如〈行行重行行〉，從一開始的行行重行行，就可以感受到作者描寫的是遊子不斷行走的心情，「相去日已遠」就是這種走了又走的結果；而「衣帶日已緩」自然是隨著一段時間的流逝才會出現，後面的「歲月忽已晚」更呼應了這種時間流逝的感傷。這樣的例子在古詩十九首中頗為常見，也難怪有人稱這種現象是「時間推移」的悲哀。

連續動作的呈現也是古詩十九首的特色。例如〈明月何皎皎〉從明月照著屋內的床幃寫起，接著依次寫思婦不寐、攬衣徘徊、思人、出戶彷徨、引領遙望、入房、淚下。這一連串的動作，既細膩又真切，中間更穿插她內心的獨白：「客行雖云樂，不如早旋歸。」讀此詩如見此人，實在是不可多得的佳作。又如〈凜凜歲云暮〉則是從白天寫到黃昏再到作夢、夢醒，夢醒後的連續動作與〈明月何皎皎〉頗

為類似，同樣既細緻如畫又深沉婉約，令人歎賞不已。

2. 疊字與用韻

　　古詩十九首在疊字的使用上，顯得很頻繁也很自然。在《詩經》裡，「關關雎鳩」、「青青子衿」、「呦呦鹿鳴」、「悠悠我心」各種的疊字，大量出現在各篇作品之中。而古詩十九首的疊字也不少，事實上，只有〈西北有高樓〉、〈庭中有奇樹〉、〈東城高且長〉、〈生年不滿百〉、〈客從遠方來〉這五首詩沒有出現疊字，其餘的十四首都有出現疊字，特別是〈青青河畔草〉及〈迢迢牽牛星〉這兩首詩，在五十個字當中，就有六組、十二個字的疊字，比例之高，即使是李清照〈聲聲慢〉的七組、十四字與整首詞共九十七字的比例，也無法望其項背。

　　而在用韻的部分，古詩十九首的韻腳頗有變化：平聲韻有八首，仄聲韻有十首（包含入聲韻四首），另平轉平、平轉仄各一首。入聲韻的使用，基本上與作品的主題相符，都是表達比較抑鬱的感情，例如〈青青陵上柏〉明寫及時行樂而暗喻人生短促的感慨；而〈明月皎夜光〉則是對於飛黃騰達的同門好友不顧舊日情誼的憤激之作；〈東城高且長〉寫的是歲暮到來，思鄉、思人的情懷；〈孟冬寒氣至〉寫出冬夜思人、堅心自誓的告白。從這四首作品的入聲韻來說，古詩十九首的用韻，具有一定的成熟技巧。

3. 場景與情境

　　古詩十九首的整體情調比較灰暗，而營造這種偏向灰暗的場景，就以歲暮、星夜、他鄉為主，例如〈明月皎夜光〉的「明月皎夜光、眾星何歷歷」，〈涉江采芙蓉〉的「還顧望舊鄉」，〈凜凜歲云暮〉的「凜凜歲云暮、獨宿累長夜」……等。而思婦的場景，則會出現「重闈、床幃」，用來代表閨房。另外，年命短促對心情的衝擊，則

用「郭北墓」、「丘墳」的場景。這些都是古詩十九首處理得很好的部分。

　　對於情境的塑造，像是〈明月皎夜光〉一開始，用了八句、四十字去描摹秋天的景致，包含皎潔的月光、哀鳴的蟋蟀、歷歷的星星、露珠沾濕野草、秋蟬悲鳴、燕子飛逝，這六個意象只為了烘托同門之友的無情，讓作者倍感寒涼。而且這八句佔了全詩的二分之一，也可以看出作者的苦心安排。又例如〈青青河畔草〉，先是前面六句的美麗景物（包含女子美麗的身形、面容、手臂），特別是連用六組疊字，這個意象給人的感覺十分地強烈。接下來的後面四句，卻是急轉直下，倡家女的身份，加上獨守空床的孤獨與感傷，將全詩推向絕境後戛然而止，真是「美麗與哀愁」的絕妙組合。

古詩十九首作品

行行重行行

題解

　　本詩寫遊子漸行漸遠，從思人進而期勉對方保重身體。

本文

行行重行行[1]，與君生別離。相去萬餘里，各在天一涯[2]。道路阻且長[3]，會面安可知[4]！胡馬依北風[5]，越鳥巢南枝[6]。相去日已遠，衣帶日已緩[7]。浮雲蔽白日，遊子不顧反[8]。思君令人老，歲月忽已晚。棄捐勿復道[9]，努力加餐飯[10]！

譯文

行行又行行，與你永別離。相隔萬里之遠，各在天的一邊。道路阻隔又漫長，何時再見面，哪裡能夠知道呢？胡馬到了南方，仍舊依戀著北風；越鳥

1　行行重行行：行行，走了又走，使用疊字以加強字義。重，又。
2　涯：方。
3　阻且長：路上阻礙多，距離漫長。
4　安可知：哪裡會知道呢？安，如何。
5　胡馬依北風：胡馬，北地的馬，胡，北方。依，依戀。
6　越鳥巢南枝：越鳥，南方的鳥，越，泛指南方。巢南枝，在朝南的樹枝築巢。以上的這兩句，比喻動物尚且依戀故鄉，人情亦然。
7　衣帶日已緩：衣服的帶子日漸寬鬆，表示人日漸消瘦。
8　不顧反．顧，念。反，返。
9　棄捐勿復道：棄捐，拋棄，指放下心中的思念。勿復道，不要再說了，自我安慰之語。
10　加餐飯：安慰、期許對方保重身體，多多進食。

到了北邊，築巢在朝南的枝幹。我們相隔的距離，一天一天地遙遠，衣服的帶子，也跟著一天一天地消瘦。浮雲遮蔽了太陽，使得遊子不想回來。想念著你使我老去，時間一下子就流逝了。放下這些思念，不要再說了，希望你保重自己，努力進餐。

賞析

　　這一首詩共十六句，以四句為一段，結構上還算齊整。第一段的起始就點出作品的主題，寫的是與人離別的傷感。第二段強調了相隔兩地會面困難，並且使用了兩個很好的比喻，即胡馬與越鳥的眷戀故鄉。第三段寫出相去日遠、令人消瘦，而浮雲蔽日使得遊子無法返鄉。最後一段從思念令人神傷，轉而強調不如彼此勉勵，多加保重。

　　本詩起始的「行行重行行」，四個行字造成相當強烈的效果，似乎每一步都十分沉重，但又不得不一步一步向前。第二句的「生別離」，讓人聯想到生離死別最是摧人心肝。三、四句的「萬、一」是很好的對比，相去萬里而各在一涯，呼應了「行行重行行」的意思。五到八句使用了「胡馬」、「越鳥」的比喻，很適切地表達出人情依戀故鄉的感受。不只如此，胡馬善於奔馳，越鳥可以飛行，這兩者都受困於遙遠險阻的路途，更何況是一般的人呢？

　　九到十二句，仍然延續「行行重行行」的主題，再一次強調離別的日子愈來愈久，也使得遊子日漸消瘦而衣帶一天比一天的寬鬆。加上前途茫茫有如浮雲蔽日，功名事業未成無顏回鄉。行筆至此，作者深受思念煎熬，心中油然發出「思君念人老」的唱嘆，最後則是不得不自我排解，期許分離的兩人各自保重，努力進食，等待來日的相會。

　　本詩有幾句特別令人震懾的佳句，其一是「思君令人老」，這一句也出現在〈冉冉孤生竹〉詩中。在〈冉冉孤生竹〉詩裡，乃是出自女子

口吻，令人聞之鼻酸；而在本詩中，若是遊子所寫，所感受到的則是萬分沉痛、幾多蒼涼。畢竟「男兒有淚不輕彈」，怎能為了兒女情長而懷憂喪志呢？第二句是看起來似乎平淡無奇的「努力加餐飯」，雖然乍看之下是十分平常的一句，仔細品味，卻有說不盡的無奈蘊藏在裡頭，讀來倍覺悲涼。

　　另外特別值得一提的是，本詩的換韻頗為齊整：前八句一韻，是平聲韻；後八句屬於另一韻，轉成仄聲韻。作者是否有意識的換韻，後人即使不得而知，但一經換韻，確實讓詩的表情更加鮮明。也就是說，前半首的平聲韻，給人的感受如果是舒緩的，那麼後半首的仄聲韻，則是將讀者很自然地帶入一種較為沉重的情緒裡。這個技巧在唐代詩人的作品中或許屢見不鮮，但出現在古詩十九首的年代，還是令人十分驚豔的嘗試！

　　從「行行重行行」到「相去日已遠」、「歲月忽已晚」，可以體會作者隨著離別的時、空不斷加長、加遠，感傷也不斷增加，令人強烈感受到江淹寫的「黯然銷魂者，唯別而已矣！」的沉痛。

青青河畔草

題解

在景色美麗的日子裡，引發少婦思人的感傷。

本文

青青河畔草，鬱鬱¹園中柳。盈盈²樓上女，皎皎當窗牖³。娥娥紅粉妝⁴，纖纖出素手⁵。昔爲倡家⁶女，今爲蕩子⁷婦；蕩子行不歸，空床難獨守。

譯文

河畔綠草青青，園中柳樹蔥蔥，樓上的女孩儀態萬千，出現在窗戶旁邊，光采明豔。她的容貌姣好，伸出了纖細潔白的雙手。從前是倡家女子，現在則是遊子的妻子，遊子遠行不歸，空空蕩蕩的床，令人難以忍受。

賞析

這是一首十分傑出的小詩，整首作品不過十句、五十個字，卻寫得又細緻又大膽。

1　鬱鬱：青蔥茂盛的樣子。
2　盈盈：形容儀態輕巧美好。
3　窗牖：即窗戶。牖，用木條橫直製成，又名交窗。
4　娥娥紅粉妝：娥娥，形容容貌的姣好。紅粉，原爲婦女化妝品的一種，後來以「紅妝」泛指婦女塗在面部的一切脂粉。紅粉妝在此是指豔麗的妝飾。
5　纖纖出素手：纖纖，形容手的纖細無比。素，白；素手，潔白的雙手。
6　倡家：以歌唱作爲職業的藝人稱之爲倡，也就是歌妓。
7　蕩子：長期漫遊四方、無法返鄉的人，與後世所稱不事生產、沒有正當職業的敗家子意義不同。

　　起始二句，從外在的河畔草、園中柳下筆，暗喻時節已是春天。三到六句，詩的焦點轉到樓上女，盈盈、皎皎、娥娥、纖纖四組疊字，將女子的萬千儀態盡現讀者眼前。七到十句則大膽寫出少婦獨守空扉的孤寂，與前六句形成十分強烈的對比。

　　詩的開始，營造了一個春意盎然的場景，原本讓人心眼一片舒坦。接著詩中的女子出現了，她站著倚靠在窗邊，看著遠處的河畔草、近處的園中柳，內心逐漸浮現了愁緒。心裡想著：如此美麗的春日佳景，應該是要與情人（夫婿）共享；也在這個時候，自己才驚覺情人（夫婿）不在身邊。作者處理的手法十分巧妙，前面的九句都是寫景敘事，用來鋪陳最後一句；於是整首詩就在「空床難獨守」之後戛然而止，而且這是全詩唯一表達少婦感情的句子。整首詩的節奏，前九句很像舒緩、平淡的旋律，到最後才全部噴發出來，但同時又顯得十分自然而不做作。

　　本詩值得稱道之處還有二點：一是短短十句、五十字裡，共用了六組疊字，密度之高，李清照的〈聲聲慢〉也難以相提並論。而且本詩所使用的六組疊字，都是正面、美好的形容詞，像是綠草青青、楊柳鬱鬱、儀態盈盈、光彩皎皎……等等，這些美好的畫面堆疊起來不只令人印象深刻，與末四句的大轉折作對比，更是令人萬分驚奇。第二，本詩的筆法很明顯採用由遠而近、由大而小的描寫手法。具體來說，從河畔草寫到園中柳再到樓上女，已是由遠而近、由大而小、由外而內的寫法；接下來從樓上女（全身或半身）到臉部再到素手，可說是一筆一筆地勾勒出樓上女的特質。比較有趣的是，這個由遠而近、由大而小的描寫手法，採取的視野是少婦還是作者的？最後的四句，是少婦的哀愁還是作者的慨嘆？

　　平實而論，這裡使用的視野應該是從少婦眼裡所見，只是經過作者

的想像，讓整首詩的形象十分鮮明。為什麼說是少婦眼中所見呢？主要是從一開始描寫的景物，比較像是站在樓台窗戶前向外觀看的視野。這種主題在古詩十九首中多次出現，包含〈西北有高樓〉、〈東城高且長〉都是類似的場景。

有關本詩中的倡女與蕩子，一般是指歌妓與遊子，這樣的解釋比較符合東漢社會的面貌。一則當時的男子必須離鄉背井，出外工作，二則有離鄉奮鬥的遊子，就有獨守空閨的思婦，這其中的辛酸，真是不足為外人道。唐代詩人王昌齡有一首〈閨怨〉詩：「閨中少婦不知愁，春日凝妝上碧樓。忽見陌頭楊柳色，悔教夫婿覓封侯。」相較之下，王昌齡的詩雖然有著明顯的起承轉合，卻反而多了一點斧鑿的痕跡，而沒有這一首詩來得自然。

青青陵上柏

這是一首眼見宛、洛權貴的豪奢而興起自我寬懷、及時行樂的作品。

本文

青青陵上柏，磊磊[1]澗中石；人生天地間，忽如遠行客[2]。斗酒相娛樂，聊厚不爲薄[3]。驅車策駑馬[4]，遊戲宛與洛[5]。洛中何鬱鬱[6]！冠帶自相索[7]。長衢羅夾巷[8]，王侯多第宅；兩宮遙相望，雙闕[9]百餘尺。極宴[10]娛心意，戚戚何所迫[11]。

譯文

山陵上的柏樹青青，溪澗中的石頭磊磊堆積。人在天地之間，生命短暫，有如遠行的過客。即使只是斗酒，足以行樂不算少。駕著駑馬拉的車子，到

---

1 磊磊：石頭疊累積聚的樣子。
2 忽如遠行客：忽，一下子。遠行客，向遠處旅行的過客，形容人在天地間猶如短暫的過客。
3 聊厚不爲薄：聊，姑且。厚爲多，薄爲少。
4 策駑馬：策，鞭策，即駕著。駑馬，遲鈍的馬。
5 宛與洛：宛，音ㄩㄢ，宛縣，東漢時南陽郡的郡治，有南都之稱。洛，洛陽的簡稱，東漢的首都。宛與洛是東漢政治經濟的中心，當時最繁盛的都市。
6 鬱鬱：繁盛的樣子。
7 冠帶自相索：冠帶都是官爵的象徵，用來與平民有所區別，這裡作爲權貴的代稱。索，求也。自相索即自相往來。
8 長衢羅夾巷：衢，四通八達的大道。羅，列。夾巷，夾在長衢兩旁的小巷。
9 闕：宮門前可以遠眺的望樓。
10 宴：樂。
11 戚戚何所迫：戚戚，憂思的樣子。迫，心中感到壓迫。

宛、洛遊玩。洛陽城中繁華熱鬧，權貴自相來往。大街兩旁夾著小巷，許多王侯的第宅在裡頭。城內的南、北兩宮遙遙相對，宮前觀闕高達百尺。心情極度愉悅、和樂，何必長懷戚戚，自我迫促。

賞析

　　這一首作品從句式上可以分為四段，形成二、四、八、二的結構。

　　第一、二句，有些借物起興的味道，陵上柏與澗中石，似乎沒有什麼特別的意旨。第三到第六句，說的是人生短促，應該及時行樂，並且從這裡導引出到宛、洛遊戲的主題。第七句到十四句，則是作者在宛、洛看見的景象：除了城市的熱鬧繁華，建築的華麗壯觀，還有就是權貴的自相往來。最後兩句，一般的說法是與七到十四句連在一起，指權貴的遊宴極為快樂。可是以本篇主題及結構順序而言，似乎不像是描寫權貴遊宴的詩句，否則就會顯得作者氣度未免太過狹隘，「戚戚何所迫」也變得無處著力。而且第五、六句強調的是及時行樂，後面卻是頌揚權貴們的快樂，豈不是變成只有權貴們那樣的遊宴才有快樂可言？因此，末二句應該是回應第五、六句所說的及時行樂，意思是沒有必要羨慕權貴們，其實只要自己放得開（即使只有一斗酒可喝），心情極度愉悅，又何必長懷戚戚、自我迫促呢？

　　這首作品的主題，顯然是偏向「及時行樂」。在東漢時期，由於政治的不穩定，讀書人在出處進退之際，可說是兩面為難。一來傳統的讀書人都是遵循「學而優則仕」的路徑發展，而想要獲得功名，就必須離鄉背井，忍受思鄉之苦，以及在外的種種困難；而即使真的獲取了功名，政治的黑暗，士人遭受無情殺戮的情形（例如兩次的黨錮之禍，使得「朝中善類一空」），讓許多讀書人轉向另一個層面的思考。其次，人生短促，功名的追求不易，不如珍惜、把握現世，及時行樂。這種主

題的作品，在古詩十九首中反而佔了多數，與當時的政治、社會背景應該有相當的關聯。

這首詩中，透過作者的眼光，對於兩個階層的生活，作了很好的對比。一般人是在「人生天地間，忽如遠行客」這樣的自覺之下，及時把握生活中的快樂，因此，即使只有斗酒，已經足夠盡興，才會有「斗酒相娛樂，聊厚不爲薄」的句子。而洛陽的權貴則是住在繁華的都城裡，彼此自相往來，看著那些深宅大院、高高的觀闕，整天爭名奪利、心情迫促，哪來的快樂呢？「極宴娛心意，戚戚何所迫」正是作者最後的體悟。

古詩十九首的寫作技巧，在許多層面都頗爲成熟，例如疊字的使用，在本篇就有四次，分別是青青、磊磊、鬱鬱、戚戚。一般而言，疊字的使用可以加強語氣和感情，使得語言富有節奏之美。其次，全詩使用了入聲韻（韻腳是石、客、薄、洛、索、宅、尺、迫），乍看之下，讓整首詩籠罩在抑鬱、迫促的氣氛中，但略作思考，就覺得入聲韻與本詩想要表達的意涵（由憤激而超脫）十分切合，這也是令人讚嘆不已之處。

整體而言，本詩在文字驅策、情感表達以及用韻技巧方面，都有十分成熟的表現。

今日良宴會

　　這一首詩強調了人在生命短暫的自覺下，應該把握機會，及早建立個人功業。

本文

今日良宴會，歡樂難具陳[1]。彈箏奮逸響[2]，新聲妙入神。令德唱高言[3]，識曲聽其眞[4]；齊心同所願，含意俱未申[5]。人生寄一世，奄忽若飆塵[6]；何不策高足[7]，先據要路津[8]？無爲[9]守窮賤，軻軻[10]長苦辛。

譯文

今天這麼熱鬧的宴會，其中的歡樂很難一一陳述。有人彈著琴箏，發出奇妙的樂聲，簡直是出神入化。有一位知音者，了解樂曲的真正含意，發表了高論；那是我們共同的心願，大家只是放在心裡，沒有說出來：人寄生在世

1　具陳：一一的陳述、說明。
2　奮逸響：奮，發。逸響，奇妙的聲響。
3　令德唱高言：令德，本來是指具有美德的人，這裡作為知音者的代稱。唱，同倡，發表。高言，猶高論。
4　識曲聽其眞：識曲與聽其真互相補足文義，識曲者才能聽出歌曲中的真意。
5　含意俱未申：含意，放在心裡。申，說出來。
6　奄忽若飆塵：奄忽，很快速的樣子。飆，狂風。
7　高足：良馬。
8　要路津：重要的路口、渡頭，比喻重要的政治地位。
9　無為：不要。
10　軻軻：本義為路不平，這裡指不如意。

間，十分快速，有如被狂風吹起的塵土。為何不駕著良馬，先去佔據重要的地位？千萬不要固守窮賤，一輩子辛苦不得志。

賞析

　　這是一首提倡追求功名的作品。

　　除了這一首詩之外，同樣主題的作品還有〈迴車駕言邁〉。詩的結構分成三小段，四、四、六句。第一小段寫出聚會的場景，在聚會中大家都很快樂，接著有人彈著琴箏，琴箏彈奏的音樂不但好聽，而且樂曲中另有深意，爲下文做一舖陳。第二小段的四句，從樂曲入手，寫一位知音之人說出樂曲的內涵，並且進一步透露了知音之人說出來的意思，正好就是大家共同的心聲。第三段承接第二段，說明大家共同的心聲是：人生苦短，宛若狂風吹起的塵土，應該早點佔據重要地位，千萬不要抑鬱不得志、一輩子辛苦過日子。

　　這種追求功名作爲主題的作品，在古詩十九首當中並非多數。畢竟在政治黑暗的時代，讀書人如果不求用世，只求平順一生，那麼不管是渾渾噩噩或是及時行樂，都比無故罹禍來得好。無奈的是一般人謀生不易，仍然有許多的讀書人別無選擇，必須往仕途發展，或者是離鄉背井到外地工作，這種現象使得古詩十九首中「遊子、思婦」的作品很自然地偏多。

　　從本詩的內容來看，包含宴會、音樂的描繪，在古詩十九首當中都是習見的主題。整首詩一開始就使用了宴會與音樂，營造了歡樂、積極的氣氛，提供 了以下的「策馬據津」很好的背景，全詩就在這種明快、愉悅的節奏中進行，呈現出十分和諧、一致的效果。

　　再看這一首作品的修辭，「人生寄一世，奄忽若飆塵」類似的句子在古詩十九首裡時有所見，例如〈青青陵上柏〉中的「人生天地間，忽

如遠行客」；〈迴車駕言邁〉中的「人生非金石，豈能常壽考？奄忽
隨物化……」；〈驅車上東門〉中的「浩浩陰陽移，年命如朝露；人生
忽如寄，壽無金石固」。雖然說這四首詩的技巧各有千秋，不過值得
注意的是「寄」與「忽」這兩個字，突顯了當時的人對於生命的焦慮及
不確定性。人在天地間是「客」，既然是客，就難免面臨不由自主、身
不由己的困境。這種集體的焦灼，也顯示了讀書人對於仕隱之間內心產
生衝突的投射。其次，生命「若飆塵」、「如朝露」，以及「壽無金石
固」，使用了非常具象的比喻；而「遠行客」不只道出了人生天地間的
過客心態，更隱隱約約說明了追求功名的遊子、「客」居他鄉的飄泊情
懷。

　　從主題到結構再到修辭技巧，本詩無疑是一首具有代表性的佳作！

西北有高樓

題解

作者在聽到樓上傳來憂傷的樂曲之後，興起了知音稀少的感慨。

本文

西北有高樓，上與浮雲齊；交疏結綺窗[1]，阿閣三重階[2]。上有絃歌聲，音響一何[3]悲！誰能為此曲？無乃杞梁妻[4]。清商隨風發[5]，中曲正徘徊[6]；一彈再三歎[7]，慷慨有餘哀[8]。不惜歌者苦，但傷知音稀！願為雙鴻鵠[9]，奮翅起高飛。

譯文

西北邊有一座高樓，高聳入天、與雲等齊，它的窗格縱橫交錯，窗上張掛著綺製的簾幕，樓閣在臺上並有四面的曲簷。樓上傳出的樂歌，是多麼的悲

---

1 交疏結綺窗：交疏，窗格子一橫一直交錯。結，張掛。綺，有花紋的絲織品。結綺，指張掛著綺製的簾幕。
2 阿閣三重階：阿，四阿，四面有曲簷的宮殿式建築。閣，樓。三重階，指臺，一般而言樓在臺上，所以說是阿閣三重階。
3 一何：何等的，多麼的。
4 無乃杞梁妻：無乃，大概。杞梁妻，齊國人杞梁戰死，由於杞梁沒有兒子與親近的家屬，他的妻子孤苦無依，枕著丈夫的屍首在城下痛哭，悲哀動人，十天之後，連城牆也哭倒了。這裡是作者聽到樓上傳來的歌曲時，幻想歌唱的人猶如杞梁妻喪夫那樣的哀傷。
5 清商隨風發：清商樂曲的名稱，樂聲大多清婉幽揚，適合表現憂愁幽思的哀怨清調。發，飄散。
6 徘徊：旋律往復迴旋。
7 一彈再三歎：指歌曲的部份歌詞重複演唱。
8 慷慨有餘哀：歌曲的內容令人感傷不已。
9 鴻鵠：善飛的大鵠。

傷。是誰能夠彈唱出這樣的曲子呢？應該是杞梁的妻子吧！清商樂曲隨風飄散，曲調往來徘徊。歌曲一唱三歎，令人悲傷不絕。不憐惜歌者的辛苦，只感傷知音難求。希望成為一對鴻鵠，一起振翅高飛。

賞析

　　這一首作品，以四句為一段，分為四段，結構上頗為齊整。

　　第一段說的是高樓的樣貌，這一棟高樓不但高聳入雲，而且又有綺窗、三重階，顯然是所謂的豪宅。「上與浮雲齊」使用了很簡單的誇飾手法。而從這樣的豪宅當中，傳出了絃歌之音，本來並不令人意外，作者卻在第二段中，用了「一何悲」來形容歌者的心情。作者更進一步猜測，大概只有像是杞梁妻獨守空閨的女子，才會彈唱出這樣悲傷的樂聲。高樓華麗的意象，與樂曲感傷的情緒，形成一大反差，令人十分震撼。

　　第三段開始，作者細細品味、演繹樂曲的內涵：四處飄散、情感哀傷的清商曲，本來就很容易引人共鳴，加上一唱三歎的返復迴旋，更令人心神也隨之千迴百轉。第四段又拉回作者自身，而從歌者的悲苦想到自己沒有知己可以傾訴的感傷。作者希望能夠與自己所愛成為一對鴻鵠，一起振翅高飛。一來作者應該是一位知音人，二來本詩頗有「以他人酒杯，澆自己塊壘」的味道，強化了本詩主題的深刻性，也就是離家在外努力打拼的遊子，心中的無奈與感傷，藉著這首詩的內容，具體而細微地呈現出來，也讓讀者受到極大的感染。

　　本詩使用了「杞梁妻」的典故。典故的使用，在古詩十九首中較為少見。除了這裡，只有〈生年不滿百〉的「仙人王子喬」，以及〈迢迢牽牛星〉中用了牛郎、織女的故事。使用典故的目的，不外乎在極少的文字中涵攝極大的意蘊，而使讀者很快掌握作者想要表達的意思。而在

本詩中，這個手法算是十分地成功。其實古詩十九首中，描寫離情別緒的作品本來就不少，而且這種情境似乎成了許許多多人共同的感傷，因此作者對於這一類主題的描寫技巧，往往能夠撼動人心。所以作品的內容不管是在情境的描摹、蘊釀（例如〈明月何皎皎〉），或者是大量的使用比喻（例如〈冉冉孤生竹〉），又或者是寄物傳情（例如〈客從遠方來〉），幾乎是百花齊放、繽紛多彩。

最後值得注意的是，本詩中的「音響一可悲」，在〈東城高且長〉中，又出現了一次，同詩還有「歲暮一何速」的句子。除了「一何」，還有一些詩作單用「何」字，這似乎是當時人習用的詞句，也讓古詩十九首彼此之間的關聯更加密切。

涉江采芙蓉

題解

　　遊子在採了蘭草後，思念家鄉的妻子，感歎歸鄉路遙，憂傷不已。

本文

涉江采芙蓉[1]，蘭澤多芳草[2]；采之欲遺[3]誰？所思在遠道。還顧[4]望舊鄉，長路漫浩浩[5]。同心[6]而離居，憂傷以終老。

譯文

渡江去採摘芙蓉，又在蘭澤裡採了很多的蘭草。採了以後要送給誰呢？思念的人在遠方。回頭望向家鄉，回鄉的路途漫漫浩浩。夫婦同心卻分居兩地，令人憂傷到老。

賞析

　　本詩共有八句，是古詩十九首中篇幅較短的作品。

　　詩的結構很齊整，四句一段，分成兩小段。第一小段先寫遊子採下芙蓉與芳草，用來提領全篇；續寫心中潛意識的感傷：採下來的芙蓉與芳草要送給誰呢？思念的人可是在遙遠的地方啊！第二小段說明了作者

1　芙蓉：蓮花的別名。
2　蘭澤多芳草：澤，低下之地。芳草，即蘭花。
3　遺：音ㄨㄟˋ，贈送。
4　顧：回頭望。
5　漫浩浩：即漫漫浩浩。漫漫，路長貌。浩浩，水流貌。漫漫浩浩，形容回鄉的路途阻隔重重。
6　同心：指夫婦感情融洽。

的無奈：回頭望向故鄉，回鄉路是那麼地漫長。最後作者發出了極為沉痛的吶喊，夫妻同心卻分居兩地，只能憂傷直到老死。

　　本詩從採摘芙蓉、蘭草，而引起對於情人的相思，這樣的寫法不算是創新之舉。如果比較《詩經》的作品表現手法，像是〈草蟲〉詩寫采蕨、采薇時，想到「未見君子」，而感到傷悲；或者是〈采葛〉詩直接寫出采葛、采蕭、采艾時，突然興起的相思，而大呼一日不見，如三月、三秋、三歲。情感的表達既直接又細緻。而且《詩經》中出現的蕨、薇、葛、蕭、艾，都是實用為主的野菜或藥草，卻毫不減損其中的浪漫成份，反而顯得天真深情。

　　在古詩十九首中，類似「寄花傳情」的作品還有〈庭中有奇樹〉，也有「路遠莫致之」的無奈。另外，〈孟冬寒氣至〉、〈客從遠方來〉分別描寫收到遠方情人（或丈夫）的來信與端綺，則是另一種表現形式。不管是欲寄無由的感傷或是收物思人的欣喜，這些作品說明了遠距愛情的辛苦與煎熬，讀來很容易就讓人感染到作品中層層疊疊的哀愁。再從寫作的口吻來看，作者或許是位「遊子」，才有「還顧望舊鄉」的句子。至於回鄉的路為什麼那麼漫長，則應該從事業未成、無顏回去的角度理解，與《詩經‧小雅‧采薇》中的「靡室靡家，玁狁之故」頗為類似。只是二者相較之下，本詩顯得小品許多。不過本詩末句的「憂傷以終老」，具有撼動人心的力量，比起〈采薇〉詩中的「我心傷悲，莫知我哀」，還更深沉一些，可說是千古名句。

　　作品中所呈現的悲傷，足以令人一掬同情之淚。

延伸閱讀

詩經・小雅・采薇

采薇采薇！薇亦作止。曰歸曰歸！歲亦莫止。靡室靡家，玁狁之故；不遑啟居，玁狁之故。采薇采薇！薇亦柔止。曰歸曰歸！心亦憂止。憂心烈烈，載飢載渴；我戍未定，靡使歸聘。采薇采薇！薇亦剛止。曰歸曰歸！歲亦陽止。王事靡盬，不遑啟處；憂心孔疚，我行不來。彼爾維何？維常之華。彼路斯何？君子之車。戎車既駕，四牡業業；豈敢定居，一月三捷。駕彼四牡，四牡騤騤；君子所依，小人所腓。四牡翼翼，象弭魚服；豈不日戒，玁狁孔棘。昔我往矣，楊柳依依；今我來思，雨雪霏霏。行道遲遲，載渴載飢；我心傷悲，莫知我哀！

詩經・國風・召南・草蟲

喓喓草蟲，趯趯阜螽。未見君子，憂心忡忡。亦既見止，亦既覯止，我心則降！陟彼南山，言采其蕨。未見君子，憂心惙惙。亦既見止，亦既覯止，我心則說！陟彼南山，言采其薇。未見君子，我心傷悲。亦既見止，亦既覯止，我心則夷！

詩經・國風・王風・采葛

彼采葛兮。一日不見，如三月兮。彼采蕭兮。一日不見，如三秋兮。彼采艾兮。一日不見，如三歲兮。

明月皎夜光

　　這是一首在秋天的淒涼氣氛中，感慨同門之友顯貴之後，無意提攜的作品。

明月皎¹夜光，促織鳴東壁²。玉衡指孟冬³，眾星何歷歷⁴！白露霑野草，時節忽復易⁵。秋蟬鳴樹間，玄鳥逝安適⁶？昔我同門友，高舉振六翮⁷，不念攜手好，棄我如遺跡⁸。南箕北有斗⁹，牽牛不負軛¹⁰；良無磐石固¹¹，虛名復何益¹²！

1　皎：皎潔，這裡作動詞用。
2　促織鳴東壁：促織，蟋蟀的別名。古代農村裡，男耕女織，聽見蟋蟀的鳴叫聲，表示秋天到了，婦女必須趕製冬衣，因此將蟋蟀稱為促織。鳴東壁，東邊的牆壁向陽，較為暖和，蟋蟀就待在東壁，所以說是鳴東壁。
3　玉衡指孟冬：玉衡，北斗第五星。指孟冬，指向仲秋後半夜的方位。
4　歷歷：一顆一顆分明。
5　易：改變。
6　玄鳥逝安適：玄鳥，燕子，燕子是候鳥，燕子飛走了，表明時間是仲秋八月。安適，往哪裡去？
7　六翮：翮，羽毛上的翎管。六翮指翅膀。
8　遺跡：走路留下的足跡。
9　南箕北有斗：箕，箕星；斗，北斗星。箕星與斗星，夏秋之間，都見於南方，箕在南而斗在北。
10　牽牛不負軛：牽牛是指牽牛星。軛，牛車前的橫木，壓在牛的頭上，控制牛使牛駕車前進。這一句與上一句，都是借用天上的星斗比喻，這些星斗只是有「名」無「實」，可看而不可用；就像自己的同門友，空有同門之名，卻沒有同門相互提攜之實。
11　良無磐石固：良，誠，果真。磐石，大石頭。石頭質地堅牢，古人用來比喻友誼堅實。
12　虛名復何益：虛名，空名，空有同門之名。益，幫助。

譯文

月亮在夜晚發出皎潔的光芒，蟋蟀在東邊的牆壁哀鳴。夜半時刻，天上的星星多麼地歷歷分明。露珠沾濕了野草，季節一下子又改變了。秋蟬在樹間悲鳴，燕子不知飛到那裡去了？從前與我同門的朋友，如今振翅高飛，不再顧念攜手的友好，拋棄我就像是走路遺留下來的足跡。南有箕星，北有斗星，雖然他們的形狀像箕、像斗，卻不能用來揚米或舀水，就如同牽牛星無法拉車。果真沒有磐石般堅固的情誼，空有同門之名，又有什麼用處呢？

賞析

　　這一首作品的主題，在古詩十九首中頗為特殊。

　　本詩分成四段，第一段從星夜景象寫起，中間穿插了促織鳴叫。第二段則是寫出入秋以後，自然景物的變化。第三段切入主題，說明同門好友有了成就卻不顧念舊日情誼。第四段用南箕、北斗、牽牛等星宿作喻，強調空有同門之名，而無相互提攜之實，毫無用處。

　　本詩最大的特點在於大量出現自然景致的描寫，包含皎潔的月光、哀鳴的蟋蟀、歷歷的星星、露珠沾濕野草、秋蟬悲鳴、燕子飛逝，六個意象完整而和諧地暈染出濃濃的秋意，也烘托出作者心中涼涼的秋意。六個意象裡，有屬於視覺的月光、星星、露濕野草、燕飛，有屬於聽覺的蟋蟀、秋蟬哀鳴，還有動靜、高低、遠近的畫面交織，全詩對於不同意象的剪裁與經營，以及情景交融的技巧，可說是十分高明。

　　其次，作者先在詩的起始寫了玉衡、眾星作為伏筆，而在詩的末四句，則使用南箕、北斗、牽牛三個星宿的特徵，說明這三種星宿雖然具有箕、斗、牛之名、之形，卻毫無實質用途，不能揚米、不能舀水、不能負軛，令人失望。這種借代的手法不但少見，隱然還有《詩經》「多

識於草木鳥獸之名」的學習效果。還有一點值得注意的是，本詩與〈青青陵上柏〉一樣，使用了入聲韻，這些韻腳包含「壁、歷、易、適、翮、跡、軛、益」。一般而言，入聲韻大多用來強調情緒上的抑鬱，在描寫離別的詩詞中最為常見，例如宋朝詞作家柳永的〈雨霖鈴〉就是非常具有代表性的作品。而本詩既然是對於朋友離棄（背叛）的控訴，運用入聲韻以突顯作者心中的憤懣，顯得極為恰當。

　　再從主題來看，古詩十九首中，單純以朋友作為主題的作品本來就不多見，而且大多是男女之間的相思之作。即使放眼傳統的詩文，對於友誼的描寫也以正向居多。本詩卻大膽揭露同門之間情誼的變質，只因為有一方在仕途上「高舉振六翮」，對作者立刻棄如遺跡。在現實世界中，這樣的例子恐怕更是屢見不鮮，也使得本詩的感染力更加強烈。

　　就以主題的獨特性而論，本詩確有其不可移易的價值。

冉冉孤生竹

題解

　　本詩寫新婚久別，婦人對丈夫的思念與埋怨。

本文

冉冉孤生竹[1]，結根泰山阿[2]。與君爲新婚，兔絲附女
蘿[3]。兔絲生有時，夫婦會有宜。千里遠結婚，悠悠
隔山陂[4]。思君令人老，軒車來何遲[5]！傷彼蕙蘭[6]花，
含英揚光輝[7]，過時而不采，將隨秋草萎[8]。君亮執高
節[9]，賤妾亦何爲！

譯文

一棵孤竹柔弱下垂，生長在泰山之阿。與你新婚，就像兔絲攀附著女蘿。兔
絲草生長，有一定的時節，如同夫婦相聚應該有一定的時宜。當年遠涉千里

1　冉冉孤生竹：冉冉，柔弱下垂貌。孤，獨。
2　泰山阿：泰山，大山。阿，曲處。泰山阿即泰山裡面。
3　兔絲附女蘿：兔絲，植物名，又作菟絲。旋花科菟絲子屬，草本。莖成絲狀蔓生，多纏繞寄生
　　在豆科植物上。花小，白色或紅色。種子可供藥用。女蘿，又名松蘿，植物名。松蘿科松蘿
　　屬。長達數尺，全體呈淡黃綠色，為多數分歧的線狀體，常攀附於其他植物上生長，自樹梢懸
　　垂，可入藥。古代詩歌中常以菟絲和女蘿纏繞，比喻夫妻或情人的關係。
4　山陂：山坡。
5　軒車來何遲：軒車，大車，有屏蔽的車子。來何遲，一指女子埋怨丈夫久遊未歸，或指女子回
　　想昔日待嫁之心。
6　蕙蘭花：蘭花。
7　含英揚光輝：含英，即將盛開的花朵。揚光輝，散發青春的光彩。
8　萎：草葉枯黃。
9　君亮執高節：亮，信，確實。執高節，一說指女子的自我安慰，相信丈夫堅守雙方的愛情；或
　　指丈夫懷抱高遠理想，外出追求功名。

而結婚，今日卻隔著悠遠的山坡。思念著你令人老去，你的軒車來得多麼遲。感傷那可憐的蕙蘭花，含著花苞揚出光輝。一旦過了時節，不加採擷，將隨秋草枯萎。你的確守節不移，我又能夠作什麼呢！

賞析

　　這一首作品共有十六句，結構上似乎分成二、四、四、四、二句式較為妥切。

　　起首二句，使用了《詩經》的比興手法，以孤生竹自比，突顯出女子的孤苦無依。三到六句，又用了菟絲附女蘿的比喻，一來回應第二句的「結根」，二來則是開展了依附與相會的概念。七到十句，沒有出現比喻，但卻將時間回溯到當年結婚的景況，加上昔日與現今的對照，一句「思君令人老」，那種沉痛的絕望，讓人聞之鼻酸。十一到十四句，再度出現比喻，強調蕙蘭花必須及時採擷，否則勢必隨同秋草枯萎，像是在絕望中仍有期盼。最後兩句直接點明男人或許以功名事業為重，嬌弱如她，又要如何自處呢？

　　從主題上來看，本詩表達了一位女子渴盼與丈夫相聚、相守卻只能苦苦等候的哀痛。而類似主題的作品，在《詩經》以降的古典詩歌中頗為常見。例如《詩經》中就有許多作品，以「未見君子」、「既見君子」的前後心情作對比，描述女子相思的苦悶。又如〈氓〉這一首詩，描寫了女子待嫁前的心理煎熬，應該是本詩「軒車來何遲」的原意。比較不一樣的是《詩經》中的分離，大多與「王事靡盬」有關；而古詩十九首中的離別，則是男子必須出外打拼事業、功名。從這一點來看，古詩十九首顯現出的時代面貌，十分值得後人的重視與肯定。

　　再從本詩的修辭技巧來看，女子用來自比的有孤生竹、菟絲、蕙蘭花，三者都是柔軟、柔弱的植物，不但強化了女子孤苦的形象，而且不

會讓人感覺重複。其次，詩中巧妙地化用《詩經》的句子，襲其義而又能另出機杼。詩中那位女子柔弱愁苦的情狀，不但深深打動了無數人的心靈，更使得杜甫的〈新婚別〉，從中獲得許多啓發，而強化了現實主義的精神。

　　古詩十九首中，既有〈涉江采芙蓉〉的「憂傷以終老」，又有〈行行重行行〉與本詩的「思君令人老」，與士人憂心事業無成、「奄然隨物化」的焦慮，可以相互印證，也令人讀了之後，興起無限的感慨。

延伸閱讀

詩經・國風・衛風・氓

氓之蚩蚩，抱布貿絲。匪來貿絲，來即我謀。送子涉淇，至于頓丘。匪我愆期，子無良媒。將子無怒，秋以爲期。乘彼垝垣，以望復關。不見復關，泣涕漣漣；既見復關，載笑載言。爾卜爾筮，體無咎言。以爾車來，以我賄遷。桑之未落，其葉沃若。于嗟鳩兮，無食桑葚。于嗟女兮，無與士耽。士之耽兮，猶可說也；女之耽兮，不可說也。桑之落矣，其黃而隕。自我徂爾，三歲食貧。淇水湯湯，漸車帷裳。女也不爽，士貳其行。士也罔極，二三其德。三歲爲婦，靡室勞矣。夙興夜寐，靡有朝矣。言既遂矣，至于暴矣。兄弟不知，咥其笑矣。靜言思之，躬自悼矣。及爾偕老，老使我怨。淇則有岸，隰則有泮。總角之宴，言笑晏晏。信誓旦旦，不思其反。反是不思，亦已焉哉！

詩經・小雅・頍弁

有頍者弁，實維伊何？爾酒既旨，爾殽既嘉。豈伊異人？兄弟匪他。蔦與女蘿，施于松柏。未見君子，憂心弈弈；既見君子，庶幾說懌。有頍者弁，實維何期？爾酒既旨，爾殽既時。豈伊異

人？兄弟具來。蔦與女蘿，施于松上。未見君子，憂心怲怲；既見君子，庶幾有臧。有頍者弁，實維在首。爾酒既旨，爾殽既阜。豈伊異人？兄弟甥舅。如彼雨雪，先集維霰。死喪無日，無幾相見。樂酒今夕，君子維宴。

新婚別　　　　　　　　　　　　　　　　杜甫

兔絲附蓬麻，引蔓故不長。嫁女與征夫，不如棄路旁。結髮為君妻，席不暖君床。暮婚晨告別，無乃太匆忙。君行雖不遠，守邊戍河陽。妾身未分明，何以拜姑嫜？父母養我時，日夜令我藏。生女有所歸，雞狗亦得將。君今往死地，沈痛迫中腸。誓欲隨君去，形勢反蒼黃。勿為新婚念，努力事戎行。婦人在軍中，兵氣恐不揚。自嗟貧家女，久致羅襦裳。羅襦不復施，對君洗紅妝。仰視百鳥飛，大小必雙翔。人事多錯迕，與君永相望。

庭中有奇樹

作者採花之後，感念離別已久，而興起寄物思人之情。

本文

庭中有奇樹，綠葉發華滋[1]；攀條折其榮[2]，將以遺所
思[3]。馨香盈[4]懷袖，路遠莫致之。此物何足貴，但感別
經時[5]。

譯文

庭院裡有一棵奇特的樹木，綠葉之中長出繁茂的花朵。拉著枝條摘下花來，
準備送給思念的人。花香充滿整個袖子及懷中，可是路途遙遠，無法送達。
這些花兒哪有什麼珍貴呢？只不過是感念著離別已經有好一段時間了。

賞析

　這是一首很短卻寫得很成功的詩歌。

　全詩雖然只有八句，可以分成四、四的結構，也可以兩句兩句一
段，成為四小段；如果以兩句作為一單位，又正好符合起承轉合的架
構。首二句先寫奇樹繁花，三四句寫折花寄人，五六句筆鋒一轉，說出

1　華滋：華，花。滋，繁盛。
2　榮：花。
3　遺所思：遺，寄贈。所思，所思念的人。
4　盈：滿。
5　別經時：離別已經過了一些時候。

欲寄無由，只能放在衣袖中，讓馨香盈袖，末二句強調花雖不是珍奇之物，但是別離已久，令人牽掛，睹物思人，只想寄花表情，卻一下子忘了兩人相隔遙遠，無法送達馨花，只能悵然以終。

嚴格來看，詩中所寫，有幾分癡，畢竟不管是哪一種花，花期要夠長到可以送到遠方，恐怕很不容易。而詩中的主角（不管是男是女），在一開始完全沒有想到這一層問題，只是一股腦想要送花來表達、排遣相思。等到回神一想，才意識到兩人相隔遙遠，花兒無從送達。此情此景，原本讓人興起幾許的懊惱與惆悵，但作者又不得不自我排解，於是淡然地說出：這些花兒並不珍貴，我所感念的乃是離別多時（才會想到借花寄情哪）！

從全詩使用的文字來看，一則完全使用白描手法，沒有艱澀的字辭、沒有難懂的典故，也沒有疊字，似乎與修辭沾得到邊的只有「所思、馨香、懷袖」這三組雙聲詞。一般而言，雙聲詞是為了讓詩句唸起來增加音韻的美感，作者是否有意如此，後人不得而知。即使如此，作者這種白描手法，仍然令人讚嘆不已。其次，在古詩十九首中，表達的情感往往十分濃烈，而本詩從頭到尾卻只是淡淡的情愁，沒有「思君令人老」、「憂傷以終老」那種激烈、絕望的哀訴，算是一篇很有特色的作品。

本詩與〈涉江采芙蓉〉一樣，只有八句，是古詩十九首中篇幅最短的兩首。而且非常巧合的是：兩首詩作都是採了花朵，想要寄給遠方的人，那種小小的希望卻無法如願，即使在短短的篇幅當中，仍然讓人強烈地體會到其中的感慨或沉痛，而不禁沉吟其中、低迴不已！

迢迢牽牛星

在秋夜裡，思婦借織女、牛郎雙星，寫人間離別之苦。

迢迢牽牛星[1]，皎皎河漢女[2]。纖纖擢[3]素手，札札弄機杼[4]；終日不成章[5]，泣涕零如雨[6]。河漢清且淺，相去復幾許[7]？盈盈一水間[8]，脈脈[9]不得語。

牽牛星遠遠在銀河一邊，織女星則是明亮閃爍。舉起了潔白纖細的雙手，轉動機杼，發出札札的聲響。一整天也織不好一匹布，流的淚像是下雨。銀河又清又淺，相隔那有多遠？清淺的一水之隔，卻只能含情脈脈，不能言語。

　　本詩共有十句，也算是古詩十九首中篇幅較短的作品。

　　詩的結構頗為特別，可以分成二、四、四句式，但也可分成六、四

1　迢迢牽牛星：迢迢，遙遠的樣子。牽牛星，星座名，天鷹座中最亮的一顆星，是一等星，與織女星隔著銀河相對。也稱為「黃姑」。
2　河漢女：河漢，銀河。女，織女星，天琴座的主星，在銀河北邊，和牽牛星相對。
3　擢：舉。
4　札札弄機杼：札札，機杼發出的響聲。機杼，織機上轉軸及持緯的機件，用來代表織機。
5　終日不成章：終日，整天。章，織好的布上面的經緯文理。不成章即織不成布。
6　零如雨：零，落。零如雨，形容眼淚流個不停，布滿臉上。
7　復幾許：又有多少？表示相距很近。
8　盈盈一水間：盈盈，水清淺的樣子。一水，指銀河。
9　脈脈：眼神含情，相視不語的樣子。

句。第一、二句略帶有《詩經》的比興手法，又像是總領全篇，先寫天上的牽牛、織女星，只是這簡單的兩句，既是實寫這兩個星座，也是借物起興，用天上的星座借喻人間情侶分離之苦。從第三句到第六句，先寫女子舉起纖纖素手，在織布機前辛勤工作，看起來應該是在描寫眞實的女子。而且因爲思念情人、淚下如雨，一整天連一匹布都織不好。有趣的是這四句既然承續第二句而來，作者其實在其中運用了無限的想像力，寫的又像是天上的織女星織不成一匹布（現實的認知裡，織女星當然無法織布）這種虛實交錯的方法，寫得很巧妙也很深刻。

　　第七句到第十句，作者有意將焦點從人間拉回天上，第七句寫河漢清淺，雖然分開了牽牛、織女，其實不過一水之隔，然而這兩星座一如人間的男女，千言萬語卻不知從何說起，只能含情脈脈、凝視對方，一句話也說不出來。從星座來說，被銀河隔開的牽牛、織女星，想要相聚談何容易？清淺的銀河，更不是盈盈一水而已。再從人間的男女情人來說，這一首思婦之作，女子面對的依舊是巨大的社會壓力：男人必須離家打拼，女人只能苦苦守候，而且不可以對別人傾訴內心的苦悶，以免讓人誤解。作者在最後的四句，表達的感情似乎更加深沉。畢竟牽牛、織女星縱使隔著銀河，還可以遙遙相望，但是在現實的人生裡，分隔兩地的男女，恐怕相見之日才是遙遙無期，也沒有機會含情脈脈看著對方。這種感傷，濃到化不開，正是詩中令人動容之處。

　　全詩共十句、五十字，出現的疊字有六組、十二字，分別是：迢迢、皎皎、纖纖、札札、盈盈、脈脈，大量使用疊字的手法，與〈青青河畔草〉相類似，可說是十分有趣的巧合。

迴車駕言邁

題解

　　這一首詩從出門見到春天裡自然景象的變化寫起，引起人生短暫應該及早獲致榮名作結。

本文

迴車駕言邁[1]，悠悠涉長道。四顧何茫茫，東風搖百草[2]。所遇無故物[3]，焉得不速老？盛衰各有時，立身苦不早。人生非金石，豈能長壽考[4]？奄忽隨物化[5]，榮名[6]以為寶。

譯文

迴轉車子向遠處出發，走過了悠悠長長的路途。四處看到一片茫茫然，春風吹著綠草。眼前所見沒有熟悉的景物，怎能不令人一下子就感到老去？盛衰各有一定的時節，只怕不能及早建立事業。人的生命不像金石，那裡能夠長壽？很快隨著萬物變化而死，應該以榮祿聲名為寶。

賞析

　　本詩一共十二句，四句一段落，分成三段。

1　迴車駕言邁：迴，轉。言，語助詞，無義。邁，遠行。
2　東風搖百草：東風，春風。搖，吹拂搖動。
3　所遇無故物：遇，見。故，舊。春天百草新生，眼睛所見都不是舊日的景物。
4　壽考：考，老。壽考，老壽。
5　隨物化：隨物而化，指死亡。
6　榮名：榮名，榮祿聲名。

　　第一段寫作者駕車出門，向遠方行進，經過漫漫路途，看到景物的變化。第二段寫觸目所見沒有舊物，盡是自然界的新妝，引發作者生命短促的感慨，以及立身不早的恐懼。第三段承續前一段，說明人命不像金石堅實，很快就隨著萬物消逝，應該追求榮祿聲名。

　　本詩的內容，多是古詩十九首中常見的主題。例如：自然景物的更替，離鄉背井的沉重，生命短促的感慨，建立功業的企圖。先說自然景物的更替，春風拂草本來是春意盎然、令人欣喜，作者卻在前一句用了四顧茫茫、後一句強調「所遇無故物」，使得整首詩的情境帶向了較為灰暗的色調。人在「無故物」的環境之下，心情原本就會忐忑不安，加上四顧茫茫，可以想見的是內心必然更加沉重。特別是「東風搖百草」這一句當中，「搖」字寫出了「草」無奈，映襯了作者在「離家」這一行動上的心境，也就是第二主題「離鄉背井的沉重」，作者在起始的兩句，就點出離家的情懷是偏向負面的，「邁」字代表的既是遠行，也隱約表達了離家努力的決心。而悠悠二字，向來都指內心的憂思，在這裡用來暗喻「涉長道」的心情沉重。

　　第三主題是生命短促的感慨，這種心境可說是其來有自：一來年歲增長而事業無成，二來時局不好卻必須離家打拼，再來則是春草新發、故物消逝的刺激，此情此景，難免令人感慨萬千、愁緒縈懷、揮之不去。第四主題是建立功業的企圖，說明了士人無法跳脫的宿命，終究必須走向競逐功名的戰場。因此立身宜早、榮名為寶的想法，自然盤踞整個心思。進一步來看，這四個主題十分巧妙地結合在本詩裡，而產生相互聯結與強化的效果。

　　詩句中，使用了兩個疑問句，分別是「焉得不速老」、「豈能長壽考」。疑問句的使用，往往可以提醒作者（讀者）去思考問題。有時就

在一問一答之間，作者與讀者可以省思同一問題，並達成一定的共識。這並不是要過度強調作品的思想；只是作品的感染力，正是透過這種的共同省思、乃至於相同的結論，而串聯起作者與讀者的共同情感。以這兩個疑問句為例，一前一後地出現，同時提出人與物的生命短促、無法長存的問題，一方面很自然引導讀者思考人生短暫、追尋生命價值的必要；一方面也可以讓作品更有說服力，得出「榮名以為寶」的結論。

　　從主題的表現到修辭的技巧，這無疑是一篇佳構。

東城高且長

題解

這是一首因時節變化，一年又到盡頭，而引起思鄉、思人愁緒的作品。

本文

東城¹高且長，逶迤自相屬²。迴風³動地起，秋草萋以綠⁴。四時更⁵變化，歲暮一何速！晨風懷苦心⁶，蟋蟀傷局促⁷。蕩滌放情志⁸，何為自結束⁹？燕趙多佳人¹⁰，美者顏如玉¹¹。被服¹²羅裳衣，當戶理清曲¹³。音響一何悲！絃急知柱促¹⁴。馳情整中帶¹⁵，沉吟聊躑躅¹⁶。思為雙飛燕，銜泥巢君屋。

1　東城：洛陽的東城。
2　逶迤自相屬：逶迤，曲折而綿長的樣子。屬，連也。
3　迴風：空曠地方自下而上吹起來的旋風。
4　萋以綠：萋，意同淒。萋以綠即綠意淒然而盡。
5　更：替。
6　晨風懷苦心：晨風，鳥名，就是鸇，是一種健飛的鳥。懷苦心，意指晨風鳥因為不能遠飛而懷抱憂心。
7　蟋蟀傷局促：蟋蟀到了秋天，生命即將結速，因而感傷生命的迫促。
8　蕩滌放情志：蕩滌，洗滌，指掃除　切憂慮。放，放開，開展。
9　結束：糾結拘束。
10　燕趙多佳人：燕趙，在今河北、山西一帶，佳人，美人。古代北方多美人。
11　顏如玉：容貌膚色如玉一般溫潤潔白。
12　被服：穿著。
13　理清曲：理，練習。清曲，清商曲的調名，清調曲的簡稱，是當時民間最流行的樂調。
14　絃急知柱促：琴上有絃，用來發聲，絃安在柱上，一絃一柱，絃急則柱促，說明了彈琴的人發出了情感激動的樂聲。
15　馳情整中帶：馳情，遐想、深思，與下一句的沉吟，指反覆沉吟，體會曲中的涵義。中帶，衣服的帶子。
16　聊躑躅：聊，姑且。躑躅，即踟躕，裹足不前。

譯文

東城的城垣又高又長，曲折綿長自相連接。強烈的旋風從地面颳起，秋草的綠意淒然向盡。四季交替變化，一年很快又到了盡頭。晨風鳥不能遠飛因而懷抱憂心，蟋蟀為了生命侷促而感傷。為什麼不放開胸懷，掃除一切憂慮，何必自己拘束自己。燕趙一帶，美女眾多，他們的膚色潔白如玉。穿著羅綺衣裳，在屋裡彈奏清商曲。樂聲是何等的悲傷啊！從琴絃的繁急，可以感受到琴柱緊促。樂曲令人遐想，不覺手整衣帶，姑且徘徊沉吟。希望與你成為一對雙飛的燕子，銜著泥土在你的屋子築巢。

賞析

　　本詩共有二十句，與〈凜凜歲云暮〉相同，是古詩十九首中篇幅最長的作品。

　　結構上，可以分成二、四、四、六、四共五小段。第一小段二句，寫的是洛陽城高長相連，以這樣的氣勢起筆，卻立刻帶出情感較為哀戚的下一段，藉此產生強大的對比，手法很巧妙也很成功。第二小段從迴風動地到秋草萎然，引起四時變化、歲暮快速的感嘆，全詩的情感由此而明朗，也從這一小段開展出來。下一小段先寫晨風與蟋蟀的憂傷，再自我排遣應該放開胸懷。在前兩句放寬心情之後，第四段的情思一轉，突然寫出燕趙多佳人的句子，引人無限遐思。這四句從佳人如玉、被羅理曲，給人感覺既綺麗又溫婉；但後兩句卻寫出清曲的悲傷、絃急柱促的緊張，其實正好回應了作者秋天哀戚的情緒。第五段作者聽曲遐想，希望化身燕子，築巢共居收束全篇。

　　本詩的主題有些隱誨不明，有些句子看得出是悲情的、感傷的，例如「歲暮一何速」、「音響一何悲」；有些句子是自我寬慰、解脫的，

例如「蕩滌放情志」、「沉吟聊躑躅」；有些句子則是刻意加上美好、愉快的情緒，例如「東城高且長」、「燕趙多佳人」。然而本詩的主題仍是若隱若現，有些句子看來是從外在景物的變化，進而產生對於時日消逝的憂懼，像是看見秋草而聯想到歲暮，再將這種情緒投射到晨風、蟋蟀的身上，就興起生命侷促的感受。接下來作者刻意跳寫美顏如玉的佳人、身穿昂貴的羅衣，彈著琴曲，使得畫面出現柔美的色彩，只是沒有料到琴曲透露的竟然卻是悲苦的情思。這種前後翻轉的手法，顯得十分高明，與〈青青河畔草〉的手法相似。由於悲苦的琴曲使得作者愁上加愁，最後不得不運用想像，希望與她化身成為雙飛的燕子，共築愛巢。

比較奇特的是即使詩句的感情還算清楚，然而作者寫作的背景與動機仍然不那麼明確。也就是說，作者是離鄉背井、出外奮鬥的遊子，因為事業無成而感傷呢？還是思念情人而將感情投射在彈琴的佳人身上？以前者而言，洛陽東城的場景，一般都與士子追求功名有關；再加上傷秋及歲暮的主題，很容易讓人聯想到「立身苦不早」的壓力。至於思念情人的部份，細看最後二句，不但情思頗為婉曲，如果是「巢君屋」，又像是女子的口吻。所以這二句會不會是作者為彈琴的女子代言呢？或者是作者與情人長久分離下，衷心的期盼？

本詩是古詩十九首中，第三首使用入聲的詩歌，韻腳有「屬、綠、速、促、束、玉、曲、促、躅、屋」。而比起〈青青陵上柏〉及〈明月皎夜光〉，本詩情緒的起伏轉折更為激烈，使用入聲韻也顯得全詩的跌宕之美，盡現讀者眼前。

驅車上東門

題解

這是一首透視生死進而提倡及時行樂的作品。

本文

驅車上東門，遙望郭北墓[1]。白楊何蕭蕭[2]！松柏夾廣路[3]。下有陳死人[4]，杳杳即長暮[5]。潛寐黃泉下[6]，千載永不寤[7]。浩浩陰陽移，年命如朝露[8]。人生忽如寄[9]，壽無金石固。萬歲更相送[10]，聖賢莫能度[11]。服食求神仙[12]，多為藥所誤。不如飲美酒，被服紈與素[13]。

譯文

駕著車到東門，遙遙望見城北的墳墓。白楊樹何等的蕭颯，松柏夾生在廣闊

1　郭北墓：指洛陽城北的北邙山。
2　白楊何蕭蕭：白楊及下句的松柏，都是墓地上的樹木。古代墓地多種樹木，一則使墳墓的土壤堅固，二則作為標誌，便於子孫祭掃。蕭蕭，風吹樹葉發出的悲涼聲響。白楊的葉子葉柄特別地長，只要有點微風，葉子就會顫動，而發出一種蕭蕭的聲音，使人聽了感到悲哀。
3　廣路：指墓道。北邙山是富貴人家的墓地，墓門前多有廣闊的墓道。
4　陳死人：陳，舊也，久也。陳死人，死去多年的人。
5　杳杳即長暮：杳杳，幽暗。即，就也。長暮，長夜，人死一進入墳墓，看不到光明，就如同進入漫漫長夜。
6　潛寐黃泉下：潛寐，沉睡。黃泉，有泉水的地下。
7　寤：醒。
8　朝露：清晨的露水，太陽一曬就乾，比喻人命的短促。
9　忽如寄：忽，短暫。如寄，如同寄身天地之間。
10　更相送：更，更迭。更相送，即生死更迭，一代送一代。
11　度：超越。
12　服食求神仙：服食，指服食道家長生不老的藥。求神仙，追求神仙般的長生不老。
13　紈與素：紈、素都是白色的絲織品，也就是絹。

的墓道旁。墳墓裡有著死去多年的人，進入幽冥，如同置身長夜之中。在黃泉下沉睡，千年也不會醒來。天地浩大陰陽轉移，生命像是早晨的露水。人生短暫有如寄居，年壽不能像金石般堅固。自古以來，生死更迭，即使是聖賢也無法超越。服食長生藥，祈求成仙，往往為藥所誤。不如暢飲美酒，穿著紈綢與絹素。

賞析

　　本詩共有十八句，是古詩十九首中的第三長篇詩。

　　從結構來看，可分成四、四、六、四句，共四個段落。第一段先寫驅車到東門，遙望城北、邙山上貴族們的墳墓，即使墓道寬闊、松柏夾道，依舊掩飾不了白楊蕭颯的悲涼與落寞。第二段帶有濃濃的諷刺意味，說到墳墓裡的死人，在黃泉之下沉睡，千百年也不會醒來。第三段有些自我解嘲：人生天地之間，有如朝露，生死更迭，沒有人能超越這個軌則。最後一段寫著服食丹藥、企求成仙，只會被藥所誤，不如及時行樂，飲美酒、穿絹綢。

　　本詩諷刺的主題有二：一是對於那些所謂的貴族們，生前就算坐擁豪宅，死後墓園再大，一樣是沉睡黃泉、千年不醒。二是譏諷許多活著但卻醉心於求取長生不老靈藥的活死人，無法了解死生更替的道理，往往雖生猶死，甚至大限已到而不自知。其實這兩個問題的破解之道十分簡單，就是看清生死更迭乃大自然的定律，特別是在人生如寄、命如朝露的體悟下，應該實踐及時行樂的生命態度，暢飲美酒，穿著紈綢與絹素。

　　本詩「白楊何蕭蕭」、「人生忽如寄」的句式，雖然分別與〈去者日以疏〉的「白楊多悲風，蕭蕭愁殺人」以及〈今日良宴會〉的「人生寄一世，奄忽若飆塵」很類似，不過「下有陳死人」的比喻，用語十分

犀利，具有創新的巧思。再者，「人生忽如寄」的「忽」用在這裡，意義上十分地貼切，符合作者想要表達人生如寄、既快速又短暫的強烈感受；而在聲音表情上，「忽」是入聲字，唸起來較急促，更是精確地傳達了快速又短暫的意義，可說是相當成功的用字。

　　還有一點很特別，詩中出現了許多形容、描寫時間的語句，包含「杳杳即長暮」、「千載永不寤」、「年命如朝露」、「人生忽如寄」、「萬歲更相送」，一次又一次地提醒讀者，生命的本質十分短促，而且這是任何人都無法超越的軌則。整體來看，對於生死問題的思考，在辛辣的諷刺中，更具有一定的深度。

去者日以疏

題解

　　這一首詩描寫走出城門見到古墳而聯想到生命短暫、無常，並興起返鄉不得的愁思。

本文

去者日以疏，來者日以親[1]；出郭門[2]直視，但見丘與墳。古墓犁爲田，古柏[3]摧爲薪；白楊多悲風[4]，蕭蕭愁殺人。思還故里閭[5]，欲歸道無因[6]。

譯文

已經逝去的事物，一日比一日疏遠；即將來臨的，一日比一日逼近。走出城門向前望去，只見到山丘與墳墓。舊的墳墓開墾為田地，墳墓上的老柏也砍作木柴。白楊樹葉在悲涼的風中，發出蕭蕭聲響，令人愁苦難當。想要回去故鄉，卻不知回去的因由何在。

賞析

　　這一首作品共分三段，全詩十句，是古詩十九首中的短篇佳構。

1　親：近。
2　郭門：郭，外城。郭門，外城的城門。
3　古柏：古墓上的柏樹。
4　白楊多悲風：此句與下一句的蕭蕭，即〈驅車上東門〉中白楊何蕭蕭拆成二句。
5　里閭：古代五家為鄰，二十五家為里，後來泛指居所，凡是人戶聚居的地方通稱為里。閭，里門。
6　無因：因，由。無因，即找不到理由或找不到路。

　　詩的第一段寫去者疏而來者親，走出城門只見丘墳。第二段寫滄海桑田之慨，古墓爲田而古柏爲薪的變遷，以及白楊悲風、令人愁殺。最後總綰全篇，這些愁緒全部從思鄉情濃、欲歸無由而來。

　　本詩雖然篇幅短小，感染力卻十分巨大。詩的主題與〈驅車上東門〉頗爲相似，都是作者走出城門，看見了山邱上的墳墓，進而感嘆生命的短暫與無常。不同的是，〈驅車上東門〉在後半段，將主題導向了及時行樂：飲美酒、被紈素；而本詩卻轉成思鄉情懷，渴望還鄉卻不能如願的感傷。

　　尤其十分巧合的是：本詩中的「白楊多悲風，蕭蕭愁殺人。」在〈驅車上東門〉詩中，則是「白楊何蕭蕭」，兩者可說是各有千秋。進一步來看，〈驅車上東門〉想要表達的是對於生命的超脫，所以先是感慨人生苦短，再去嘲諷有錢人的「永不寤（悟）」，最後歸結到享樂的主題，全詩節奏明快，「白楊何蕭蕭」用得恰到好處。本詩的重點，則在突顯欲歸無因的傷痛，從起始的「去者、來者」，就已經令人怵目驚心。接下來的出郭所見、墓柏摧壞、悲風愁人，情境的安排一波又一波排闥而來。「白楊多悲風，蕭蕭愁殺人。」在這裡出現，同樣地十分適切。與「白楊何蕭蕭」相比，雖然用了十個字，絲毫不覺得拖沓，從多悲風到愁殺人，已經令人無比感嘆，仔細咀嚼，「殺」字更是具有無比的震撼力量。

　　在古詩十九首中，描寫離別的作品爲數不少，但絕大多數都從女性的角度寫起，例如〈涉江采芙蓉〉、〈明月何皎皎〉、〈青青河畔草〉、〈冉冉孤生竹〉、〈迢迢牽牛星〉、〈凜凜歲云暮〉、〈孟冬寒氣至〉、〈客從遠方來〉，而且幾乎都著重描寫女子的相思。另外看起來不太明確的有〈西北有高樓〉、〈東城高且長〉、〈行行重行行〉、

〈庭中有奇樹〉，前二首則似乎比較是男子的手筆，內容像是離家在外，聽到有人彈琴，觸發自己想要與情人比翼雙飛的願望；後兩首是另一組，〈行行重行行〉應該是遠行者的口吻，而〈庭中有奇樹〉的涵攝性最大，可男可女，可以是遊子，也可以是思婦。在這些作品之外，本詩的獨特性仍然值得重視，一來詩的內容不從離別之苦寫起，有點像是出外努力、事業未成的男子，感慨年歲增長，最後產生不如歸去的念頭，卻又充滿掙扎與矛盾，「欲歸道無因」或許與事業未成有關。

　　造成「遊子不顧反」以及「欲歸道無因」的現象，絕對是社會問題，值得主政者好好反省。

生年不滿百

這是一首鼓吹及時行樂的作品。

本文

生年不滿百，常懷千歲憂；晝短苦夜長，何不秉燭遊[1]？爲樂當及時，何能待來茲[2]？愚者愛惜費[3]，但爲後世嗤[4]。仙人王子喬[5]，難可與等期[6]。

譯文

人生不滿百年，卻常懷抱著千年的憂愁。與其苦惱白日短暫而夜晚漫長，為何不秉燭夜遊？應當即時行樂，怎能等待來年？愚笨的人愛惜著錢財，只會讓後人譏笑。像王子喬那樣的仙人，是無法預期的。

賞析

　　這一首作品共十句，與〈去者日已疏〉、〈明月何皎皎〉、〈青青河畔草〉、〈迢迢牽牛星〉一樣，是古詩十九首中篇幅第二短的作品。

　　短短十句，令人感覺全詩的節奏特別地明快。起始四句說明人壽不

1　秉燭遊：秉，拿著。因為覺得白晝時間太短，玩得不夠盡興，而黑夜的時間又太長，所以不如拿著蠟燭，繼續玩樂。
2　來茲：來年，泛指未來。
3　費：費用、錢財。
4　但為後世嗤：但，只。嗤，恥笑。
5　王子喬：古代傳說中著名的仙人之一。
6　難可與等期：等，同也，指同樣成為仙人。期，待也，指成仙之事不是一般人可以期待。

過百年，卻常常自尋煩惱，心懷千年之憂愁。其實年壽百年，玩樂尚且不及，何必懷憂喪志！真要行樂，只怕日晝時分太短少，而黑夜太過漫長；既然黑夜太長，何不點燃蠟燭，徹夜玩樂。接下來的四句，前兩句似乎在向世人宣告：為樂必須及時，怎能等待來年或來生？那些愛惜錢財、不懂得及時行樂的人，等到老死之後，再也無法享受，徒然成為眾人的笑柄。最後兩句，更有當頭棒喝的效果，直截了當告訴人們：應該享受當下，而不是企求像仙人王子喬一般長生。

歌頌及時行樂的作品，重點並不是在鼓吹遊樂無度，甚至不計一切後果與代價，導致傷身與破財。由於古詩十九首產生的年代，大約是在東漢時期，讀書人仍然擺脫不了學優則仕的宿命。可是仕途險惡，許多的困難絕非個人力量所能解決。加上要往仕途發展，大多必須離鄉背井、遠赴洛陽，心中的艱苦萬狀，無人可訴。在這樣的社會背景之下，作者能夠自覺地跳脫出追求功名、勞苦一生的思想束縛，執著於及時行樂的人生觀，反而顯得十分豁達。

本詩用韻明快，先是「憂、遊」，接著是「茲、嗤、期」，讀者在吟誦的時候，很容易感受到詩中的情緒是愉悅的，這是本詩另一個成功之處。

凜凜歲云暮

在寒冬深夜，思婦夢見丈夫，因而墜入悃悵迷惘情境中，不覺淚下。

凜凜歲云暮¹，螻蛄²夕鳴悲。涼風率已厲³，遊子寒無衣。錦衾遺洛浦⁴，同袍與我違⁵。獨宿累長夜⁶，夢想見容輝⁷。良人惟古歡⁸，枉駕惠前綏⁹。願得常巧笑，攜手同車歸。既來不須臾¹⁰，又不處重闈¹¹。亮¹²無晨風翼，焉能凌風飛？眄睞以適意¹³，引領遙相睎¹⁴。徙倚¹⁵懷感傷，垂涕霑雙扉。

1　凜凜歲云暮：凜，寒也。凜凜，寒氣極盛的樣子。云，將。暮，晚。
2　螻蛄：昆蟲名，體圓，色褐，長約三公分。有兩對翅膀，前肢有力，善掘地，生活在泥土中。晝伏夜出，嗜食農作物嫩莖，為稻麥害蟲。雄蟲每於日落黃昏時叫。
3　涼風率已厲：涼風，寒涼的北風。率，大概。厲，猛烈。
4　錦衾遺洛浦：錦衾，錦被。洛浦，洛水之濱。
5　同袍與我違：同袍，原指軍中的戰友，這裡借指為夫婦。
6　累：積累、增加。
7　容輝：容顏、容貌。
8　良人惟古歡：良人，丈夫。惟，念。古歡，舊情。
9　枉駕惠前綏：枉駕，委屈自己，駕車前來。惠，惠予，前綏，在車子前方讓人抓著、便於上車的繩子。
10　須臾：極短的時間。
11　處重闈：處，留在。重闈，深閨。闈，閨門。
12　亮：同諒，信也，想必。
13　眄睞以適意：眄睞，環顧。適意，寬慰內心。
14　引領遙相睎：引領，伸長脖子。遙，遠方。睎，望。
15　徙倚：低迴。

譯文

寒氣凜冽，一年又到了盡頭，螻蛄在傍晚發出悲鳴。寒冷的風恐怕已經很淒厲，在外的遊子沒有冬衣要受寒了。錦被留在洛水之濱，使得丈夫與我相離。獨自一人度過了許多漫漫長夜，夢中見到了丈夫的光采容顏：丈夫念著舊情，委屈自己駕車前來，並交給我登車的繩綏。希望能夠常常看見他的笑容，與我攜手同車歸去。既然來了，可是不到一會兒，在深閨中又看不到他。想必沒有晨風鳥的翅膀，如何能夠凌風飛翔？伸長脖子向遠處張望，來寬慰自己的胸懷。往來徘徊心懷感傷，不知不覺流下眼淚，沾濕雙扉。

賞析

　　本詩共有二十句，與〈東城高且長〉同為古詩十九首中最長的作品。

　　詩的結構每四句一段，分成五段。第一段直寫外在天氣的變化，已是寒氣凜冽的歲暮時節。而在這個時節，常見的便是螻蛄在傍晚發出悲鳴。遙想遠方遊子所處的地域，恐怕寒風已然十分淒厲；遊子如果沒有冬衣，只怕要受寒了。以本詩共有二十句來看，只用三句舖陳寒涼景象，不像古詩十九首中大部份的作品，對於外在環境的描述，往往刻意經營，作者似乎有意將表達的重心放在後面。

　　詩的第二段，關於丈夫與思婦分離的原因，有兩種說法：一是認為錦衾暗指丈夫的新歡，也就是說丈夫負了心，不願回來，造成思婦的獨守空閨。第二種觀點則是以為錦衾表明了二人還在新婚階段，錦衾就是思婦本人。平實而論，古詩十九首的思婦之詞，只有〈明月何皎皎〉中，出現「客行雖云樂」的句子，似乎指涉丈夫「樂」而忘歸。但這只是思婦的猜想，未必是實情。絕大多數的作品不是寫思念的苦悶、獨居

的感傷，就是強調愛情的堅貞。從這些作品的**趨勢**來看，將錦衾解釋成思婦本人，或許比較符合古詩十九首的精神，也讓詩的主題更加一致。

　　第五六句寫出思婦長時間獨宿的感傷，本來「愁多知夜長」已經令人難過，再加上一個「累」字，可見得這是一夜又一夜的無盡煎熬，於是每天每天都希望丈夫可以入夢來，一解相思之苦。而今夜丈夫果眞來了，雖然是夢境，卻又極爲眞實。夢中，回到了新婚親迎的場景，丈夫駕著車子來，體貼地交給她登車的繩綏。她的內心盼望著：能夠常常看見丈夫的笑容，牽著她的手，一起回去，如此恩愛的情景可以長長久久、永遠不變。沒有想到，這樣小小的願望，不但在現實中不可能，竟然連夢裡也一樣。丈夫很快從夢中消失，於是思婦驚醒了，悲戚地說：爲什麼來的時間這麼短暫，房間裡一下子就沒有你的蹤影！即使自己想要飛到他的身邊，但沒有晨風鳥的翅膀，怎能凌空而飛？

　　在最後一段裡，思婦的情緒一如火山噴發，再也按捺不住，先用兩句點明夜長難眠，於是環顧四周，平復心情，大概還有確定自己剛才是不是眞的只是作夢的用意。接下來則是起身徘徊、引頸遙望，試著壓抑心中悲愴的感傷。末句寫出思婦再也忍不住了，而流下了眼淚。

　　自來寫夢境的詩詞不在少數，本詩的代表性則是將夢前的企盼、夢中的歡愉，與夢醒的落寞，透過極其高明的手法，十分具象地呈現在讀者面前。宋朝的辛棄疾曾有「羅帳燈昏，哽咽夢中語」的佳句，相較之下，這一首詩的情感更含蓄一點，但也正因爲這樣含蓄的表現，讓人倍感溫婉的情致。

　　本詩將思婦內心的情思與肢體動作，巧妙地結合在一起。曾有學者說，古詩十九首經常表現出時間推移產生的悲哀，其實這一首詩就有這樣的特色。而且不只時間的移動，人物肢體的移動也栩栩如生。

延伸閱讀

詩經・國風・邶風・北風

北風其涼，雨雪其雱，惠而好我，攜手同行。其虛其邪，既亟只且！北風其喈，雨雪其霏。惠而好我，攜手同歸。其虛其邪，既亟只且！莫赤匪狐，莫黑匪烏。惠而好我，攜手同車。其虛其邪，既亟只且！

孟冬寒氣至

題解

本詩描寫冬夜思人，回想收到對方來信而堅心自誓的情懷。

本文

孟冬¹寒氣至，北風何慘慄²！愁多知夜長，仰視眾星列。三五³明月滿，四五詹兔缺⁴。客從遠方來，遺我一書札⁵；上⁶言「長相思」，下言「久離別」。置書懷袖中，三年字不滅；一心抱區區⁷，懼君不識察。

譯文

孟冬時節，寒氣降臨，北風多麼的愁慘凜冽。因為哀愁所以知道黑夜漫長，仰望天際眾星羅列。十五日時，明月圓滿，到了二十日，月兒殘缺。有位客人從遠方到來，為我帶來一封信。信的開頭寫著「長相思」，最後寫著「久離別」。將信放在懷抱中，裡面的字永不磨滅。滿心都是堅定的情意，就怕您不能了解。

1　孟冬：冬天的第一個月，農曆十月。
2　慘慄：一作栗冽，寒氣極盛。
3　三五：每月的十五日。
4　四五詹兔缺：四五，每月的二十日。詹，即蟾，蟾蜍。古人以為月亮裡有蟾蜍及玉兔，所以用蟾蜍或玉兔代表月亮。
5　書札：書信。
6　上：書信的開頭。下句有「下」字，即書信的結尾。
7　區區：誠懇而堅定的心意。

賞析

　　這一首作品，寫出了女子堅守愛情的信念，令人感動。

　　全詩分成四段，二、四、四、四的結構。一開始的兩句，點明了孟冬季節寒風凜冽。第二段四句，第一句十分震撼人心，完全是從現實的經驗中得來：心中多憂愁的人，因為徹夜難眠，特別知道黑夜的漫長。第二句承接了前句的意思，也就是說，由於徹夜未眠，躺在床上，自然會仰望天上的星辰。三、四句則從星星寫到月亮，從十五日的晚上到二十日的晚上，月亮每天都有變化，從月圓到月缺。這四句的情境營造極為成功，有了這四句的陰鬱，下一段四句寫出收到遠方的來信，而將陰霾一掃而空，才有強烈的對比。

　　第三段的四句，先寫收到遠方的來信，信的內容則是很濃縮地集中在長相思與久離別。平心而論，第二段寫的「愁多知夜長」，這種獨特的經驗與等信的盼望、收信的狂喜，以及覽信後的愁喜交加，同樣都是「不足為外人道也」的心情，沒有經歷過的人，完全無法體會。尤其在交通不發達的時代，「家書抵萬金」絕對不是誇張的說法。能夠收到一封遠方寄來的信，心中的千迴百轉，除了當事人，再也無人了解。

　　第四段的四句，作者先寫女子將信貼身收藏，應該是為了可以隨時拿出來看，也可以藉由睹物思人來堅定自己的意念；「三年字不滅」的「三」固然是虛數，代表的是女子相信情人不會變心。在末二句，女子回應了「字不滅」的情人，而強調自己的「區區」，並且反過來說，就怕對方不知道她的心意。這真是極度無奈的告白！畢竟相隔兩地，音訊難通，女子雖然收到這一封信，卻沒有辦法回信給他。想到她從此不知道又要忍受多少日子的煎熬，這種綿綿無絕期的相思，怎不令人心疼？

　　本篇使用了三五、四五的乘法計算，在奇特與創新之外，讓人聯想

到的意象，反而是女子日復一日的盼望，也就是說，本詩寫的時間是連續的。這種意象也出現在「三年」一詞，三年是個虛數，是尚未發生的事，但依舊可以猜想得到：往後的相思必然是長長久久，時間的綿亙更是連續不斷的。

還有一點不得不提：本詩使用了入聲韻。這是十九首中的第四首使用了入聲韻，押韻的字分別是慄、列、缺、札、別、滅、察。而就如一般人對於入聲韻的了解，使用入聲韻可以適切表達抑鬱、哀傷的情緒。理解了這一點，就更能體會詩的第二句「北風何慘慄」，充分發揮了「聲情」的效用。換句話說，整首詩想要傳達的情感氛圍，能夠在字裡行間自然流瀉，其中的韻腳居功厥偉。

最後要說明的是，由於第五句有「明月」一詞，為了不要重複出現，而用「詹兔」代替月亮，屬於修辭上的「借代」，算是運用得很自然也很高明。

客從遠方來

題解

　　描寫收到丈夫寄來的綺布，在製成棉被時的感懷，並且表現了堅定不移的夫妻之情。

本文

客從遠方來，遺我一端綺[1]。相去萬餘里，故人心尚爾[2]。文采雙鴛鴦[3]，裁為合歡被[4]；著以長相思[5]，緣以結不解[6]。以膠投漆中[7]，誰能別離此？

譯文

有位客人從遠方到來，帶給我一塊織綿布匹。想不到我們相隔萬里，你還有這樣的心意。布上繡著一對鴛鴦，我將它裁為合歡被。在當中裝入棉絮，代表我綿長的相思；兩邊緝上絲縷，象徵我們不解的情緣。像你我如膠似漆的情誼，又有誰能忍受這樣的離別呢？

1　端綺：端，一丈八尺為端。綺，織有傾斜花紋的絲織品。
2　爾：如此。
3　文采雙鴛鴦：文采，絢麗的色澤。鴛鴦，鳥綱雁形目。體小於鴨，雄者羽毛美麗，頭有紫黑色羽冠，翼之上部黃褐色，雌者全體蒼褐色，棲息於池沼之上，雄曰鴛，雌曰鴦。因鴛鴦常偶居不離，故以鴛鴦比喻夫婦。
4　合歡被：合歡，植物名，葉子是羽狀複葉，一個大葉是由多數小葉合成，到了晚上小葉相合，這裡用來比喻夫婦到了晚上應該聚合在一起。
5　著以長相思：著，被子的中間裝進綿。綿有綿長的意思，用來象徵思念綿長。
6　緣以結不解：緣，在被子的四邊綴上絲線。緣既有因緣的意思，用絲線綴邊，象徵兩人綴在一起，不會分離。
7　以膠投漆中：膠與漆在一起，則混合牢固，用來比喻友誼的堅固、篤厚或感情的投合、親密。

賞析

這一首作品共十句，結構上分成四、四、二的段落。

第一段的四句，起始的兩句直接破題，寫到遠方回來的客人，為她帶來了情人贈送的一塊織錦的布匹。這樣的表示使得她感動萬分，不由自主地說出：沒有想到彼此相隔遙遠，你卻有這樣的心意。第二段的四句，先寫錦布上繡著一對鴛鴦，女子準備利用這塊錦布，裁製成棉被套。她一邊裁製，一邊細細密密地想著：將綿絮放進被套當中，這可都是我的綿綿情意；接著將棉被緝邊，每一針每一線代表著你我相綴、不會分開。第三段兩句，女子再用膠漆作比喻，一來強調兩人情感的深厚，同時也強化了自己堅守這份情感的信念；末句則透露出淡淡的悲傷，對於長久分離必須忍受的相思，實際上無時無刻煎熬著她，她只能發出這樣的喟嘆：明明是如膠似漆的戀人，又有誰能夠忍受這樣長久的離別呢？

這一首小詩寫得十分動人，其中的比喻、象徵與雙關語，更是充分展現民歌活潑自然的特色。比喻的部份在「以膠投漆中」，用膠與漆的相黏，來強調夫妻的感情濃烈、無法分開。象徵的運用有二處，一是雙鴛鴦，二是合歡被：鴛鴦一般認為是一夫一妻，在詩句中，正好用來表達自己的意願與決心，而合歡的羽狀複葉及白天張開、晚上合攏的特性，正好象徵夫妻的離合。這三個比喻及象徵，已經是十分高明巧妙的技巧，但另外兩個雙關語的使用，更令人讚嘆不已。這兩個雙關語分別是「著以長相思」及「緣以結不解」，「著」不但是製作冬被的步驟，也就是放入綿絮，更暗喻對於情人的綿長相思。而「緣」一方面是將棉被緝邊，如此棉絮才不會跑出來，卻又巧妙地比喻女子衷心的盼望：兩人的情意相綴、永不分離。

　　在古典詩詞中，雙關語的使用十分普遍，例如宋朝歐陽脩的作品〈蝶戀花〉裡，有「雨橫風狂三月暮，門掩黃昏，無計留春住」。不但「門掩黃昏」是雙關語，「無計留春住」也是雙關語。前一句指的是等待情人到黃昏，在等不到人的情形下，不得不把家門關起來；深一層的意思則是，暮春三月，已是美人遲暮，哪裡還承受得了「雨橫風狂」的摧殘，於是只想留住青春，關門的動作正代表著要將生命中的黃昏關在門外，不讓黃昏進來。這是「門掩黃昏」雙關語巧妙之處，至於「無計留春住」的雙關義，一者說的是想要留住春天，卻留不住；再者，更有指涉她生命中的春天，甚至是帶給她春天的那個男人，離開了她，她想留卻留不住。這兩個雙關語的修辭手法，十分成功地放在一起，使得詞句中多了許多婉約的風格。

　　相較之下，本詩的感情更加醇正一些，更增添了讀者的感慨。

延伸閱讀

蝶戀花 　　　　　　　　　　　　　　　　　　　　歐陽脩

庭院深深深幾許，楊柳堆煙，簾幕無重數。玉勒雕鞍遊冶處，樓高不見章台路。　雨橫風狂三月暮，門掩黃昏，無計留春住。淚眼問花花不語，亂紅飛過秋千去。

明月何皎皎

　　這是一首描寫思婦夜晚難以入睡、惆悵落淚之作。

本文

明月何皎皎¹！照我羅床幃²。憂思不能寐，攬衣起徘
徊³。客行雖云樂⁴，不如早旋歸⁵。出戶獨彷徨，愁思
當告誰？引領還入房，淚下霑裳衣。

譯文

　　月光多麼的皎潔，照著我床前的羅帳。心中憂愁無法成眠，披上衣服起身徘
徊。在外客居雖然快樂，不如早日返歸。走出門外，獨自徬徨，心中的愁思
能夠告訴誰呢？伸長脖子向遠處望，惆悵回到房中，流下眼淚，沾濕衣裳。

賞析

　　本詩的內容，概分三段，成為四、二、四的句式。第一段起筆很直
接，寫著明月照床幃，不寐而徘徊。第二段設想他鄉的遊子，縱使過得
快樂，也會興起返歸的念頭。第三段寫出愁思難解，無人可訴，只好回
房，不覺淚下沾裳。

1　皎皎：十分皎潔，用疊字來強調月光十分的皎潔。
2　羅床幃：幃，音ㄏㄨㄟ，帳也。羅是一種很輕薄的絲織品，羅幃可以透光，因此睡在床上，可以
　　看到明月皎皎。
3　攬衣起徘徊：攬，披上的意思。徘徊，因為睡不著而起身來回走動。
4　客行雖云樂：作客他鄉就算是快樂。云，無義。
5　旋歸：旋，轉，返。旋歸即返歸。

　　這一首詩的很特別之處，在於作者是男是女並不清楚。不過在一般詩詞中只要出現「羅幬」，似乎都是從女性的角度來寫，本詩應該也不例外。例如〈凜凜歲云暮〉中的「又不處重闈」，寫的是妻子思念丈夫、夢見丈夫，醒來之後感嘆丈夫不在「床幬」裡（也就是不在身邊）。又例如辛棄疾十分膾炙人口的詞作〈祝英台近〉有這樣的句子：「羅帳燈昏，哽咽夢中語。」同樣是模擬女子的口吻。從這兩個例子以及其他詩詞的通例來看，作品中的主角應該還是女子。

　　有了這一層理解，再來看五、六句，很像是在告訴遊子，同時也告訴自己來自我安慰，目的當然是期待遊子早日歸來，情人相聚，可以一解相思之苦。到了第三段，承接第四句「攬衣起徘徊」，從室內走到室外，「獨」字點出一個人獨守空閨的無奈與強烈的孤寂之感。在三更半夜的時候，既找不到人傾訴，這種愁緒恐怕也不能輕易對人談起，而只能自己往肚裡吞。「當告誰」的真正意思，其實是無人可告，這更增加了思愁的強度與深度。結尾二句，在明知不可能卻又十分自然的情況下，女子伸長脖子向遠處張望，希望看到情人的身影。藉由女子伸長脖子這個細膩的動作，呈現了夜晚淒楚的景象；此時情緒終於到了臨界點，於是自然流下傷心的淚水而收束全詩。

　　本詩第二個特別之處是，原本起首四句，加上最後四句，詩意已很完足。而且隨著時間的流動，人也由臥而坐、由坐而起身、由起身而徘徊，接著是由室內走出室外，再由室外走回室內。詩中這位主角身體的移動，很具體地呈現心情上的憂思無法排解。正因為憂思難解，才會令人失眠，並且坐立難安。所以從外在的氛圍，到主角的活動，映照出內心的情思，算是很成功的作品。中間的兩句，乍看之下或許覺得突兀，但深究之後，卻可以發現這兩句一則說明了第三句的憂思，二則暗示第

九句「引領」的原因，而使得整首作品的詩義更加完足，具有承、起的作用。

　　還有一點值得注意的是，本詩與〈凜凜歲云暮〉都寫出愁思難眠的一連串動作，而且都採用第一人稱的「我」，使得人物的形象與心理狀態，更加地細膩鮮明，也令人讚嘆不已。

延伸閱讀

祝英台近^{晚春}　　　　　辛棄疾

寶釵分，桃葉渡，煙柳暗南浦。怕上層樓，十日九風雨。斷腸片片飛紅，都無人管；更誰喚、啼鶯聲住。　鬢邊覷。試把花卜歸期，才簪又重數。羅帳燈昏，哽咽夢中語：是他春帶愁來，春歸何處，卻不解、帶將愁去。

問題與討論

1. 〈行行重行行〉詩中，時間、空間與離別的感傷有何關係？請加以說明。

2. 〈青青河畔草〉在修辭上有何特點？請簡要說明。

3. 〈青青陵上柏〉出現的地點「宛、洛」有什麼特殊的意義？作者為什麼說「斗酒相娛樂，聊厚不為薄」？

4. 〈今日良宴會〉詩中的「齊心同所願」，表達了宴會中大家共同的願望是什麼？請用原詩句加以說明。

5. 〈西北有高樓〉用華麗的高樓與哀傷的音樂做對比，請寫出這兩段詩句，並說明這樣的對比有什麼作用？

6. 〈涉江采芙蓉〉詩中，從哪一句比較可以推斷是「遊子」之作？為什麼？

7. 〈明月皎夜光〉作品的主題是什麼？配合這個主題，作者使用了什麼技巧（內容）來呈現？

8. 〈冉冉孤生竹〉採用什麼形象來描寫女子？請寫出詩句，並加以說明。

9. 〈庭中有奇樹〉全詩接近白描手法？請加以說明。

10. 〈迢迢牽牛星〉採用虛實交錯的手法，哪些句子是虛？哪些句子是實？

11. 〈迴車駕言邁〉使用了兩個疑問句，請寫出來並說明使用疑問句的目的是什麼？

12. 〈東城高且長〉使用了「入聲韻」，請寫出這首詩的韻腳，並說明這首詩為什麼使用入聲韻？

13. 〈驅車上東門〉有哪兩個諷刺的主題？請寫出詩句，並加以說明。

14. 〈去者日已疏〉有著滄海桑田感慨的詩句是哪幾句？請寫出來並加以說明。

15. 〈生年不滿百〉中強調「及時行樂」的句子是哪幾句？請寫出來並加以說明。

16. 〈凜凜歲云暮〉中，「錦衾遺洛浦」的「錦衾」有哪兩種解釋？哪

一種解釋比較合理？

17.〈孟冬寒氣至〉中，出現的數字「三五、四五、三年」有何特殊之處？請加以說明。

18.〈客從遠方來〉使用了哪些雙關語？請寫出詩句，並加以說明。

19.〈明月何皎皎〉對於作者動作的描寫有什麼特色？請寫出詩句，並加以說明。

20.古詩十九首「離別」主題的作品中，時間的元素有什麼特點？請舉二個詩句作例子加以說明。

21.古詩十九首「離別」主題的作品中，常常表達出思念的苦痛。請舉二個詩句作例子加以說明。

22.古詩十九首中，對於生命主題有何看法？請舉詩句為例，加以說明。

23.古詩十九首中，為了表達生命的快速、無常，最常使用哪一個字？請舉二個詩句作例子加以說明。

24.古詩十九首使用疊字的比例如何？有什麼特色？

單元二

三曹詩選

內　容

三曹簡介
◎曹操
◎曹丕
◎曹植

三曹作品選
◎曹操作品選
◎曹丕作品選
◎曹植作品選

三曹簡介

◎ 曹操

　　曹操（西元155-220），字孟德，沛國譙（今安徽省亳縣）人。父親曹嵩，歷史上寫：「莫能審其生出本末」。只知道他是漢桓帝時曹騰的養子，後來官至太尉。

　　曹操出身於官宦家庭，「少機警，有權數，任俠放蕩，不治行業」。二十歲舉孝廉，曾因「能明古學」，漢靈帝任爲議郎。黃巾起義時，任騎都尉，起兵鎮壓黃巾軍。獻帝初，軍閥董卓專權，欲廢帝自立，他也加入討伐董卓的聯軍。後來打敗黃巾，收編農民起義軍三十多萬，壯大自己的實力，便成爲逐鹿中原的群雄之一。到了建安元年（西元196），他迎獻帝都許（今河南省許昌東），從此「挾天子以令諸侯」，擊敗了呂布、袁紹、袁術等各個敵手，而成爲北中國的實際統治者。

　　曹操是東漢末期的政治家和軍事家，也是很有成就的文學家。他的作品揭露社會矛盾、反映離亂現實，具有「建安風骨」，爲「建安文學」奠定了基礎。內容上，他繼承了樂府民歌「感於哀樂，緣事而發」的現實主義傳統，用樂府舊調舊題寫出了新的內容，將當時動亂的政治現實，以及人民的苦難，深刻地反映出來，後代稱讚他的作品是「漢末實錄」和「詩史」，給予很高的評價。

　　他的四言抒情詩更是受到後人的肯定，〈短歌行〉巧妙地融鑄《詩經》古句，又有個人深沉的創作情思，令人愛不釋手。

◎ 曹丕

　　曹丕（西元187-226），字子桓，曹操的次子。曹操死後，繼任爲丞相及魏王，不久篡漢爲魏文帝，年號黃初（西元220-226）。

　　曹丕文武雙全，八歲就能提筆爲文，善於騎射，又好擊劍，博覽

古今經傳，通曉諸子百家學說。曹操的長子曹昂早死，曹丕在與曹植的太子之爭中獲得勝利。登基後，在政治上維持了北方的安定，讓人民可以休養生息。

曹丕雅好文學，在著名的《典論・論文》中說：「文章經國之大業，不朽之盛事。年壽有時而盡，榮樂止乎其身，二者必至之常期，未若文章之無窮。」這一段文字，將文學創作的重要性，提到極為崇高的地位，非常受到後人的肯定。

曹丕的作品大多取材「閭里小事」，偏重抒情，內容大多是描寫男女的愛情，或是遊子思婦的題材。作品的形式頗多變化，有四言、五言、六言、七言、雜言，語言明朗，有如民歌。〈燕歌行・其一〉深受後人喜愛，不但用語細膩婉曲，對於思婦的內心刻劃入神，更有獨到之處。全詩採用七言句式，成為中國最早的七言詩。

曹丕的另一鉅著是〈大牆上蒿行〉，全詩長達三百六十四字，氣魄極大。句子長短參差，變化靈活，用韻修辭都有可觀之處，成為後代許多詩人學習仿效的範例。《文心雕龍・才略》篇稱讚曹丕：「魏文之才，洋洋清綺」、「思捷而才俊」，算是很公允的評論。

◎ 曹植

曹植（西元192-232），字子建，曹操的第三個兒子，被封為陳王，諡號思，一般稱為陳思王。

曹植從小就很有才氣，有一次曹操築了銅雀臺，命令各個兒子登臺為賦。曹植援筆立成，因為寫得太好了，還讓曹操以為是他找人代筆。只可惜他「任性而行，不自彫勵，飲酒不節」，在曹操立了曹丕為太子之後，一直受到曹丕的猜忌。等到曹丕成為魏文帝，更是多方防。在曹丕死後，他的兒子曹叡繼位為明帝。明帝對於曹植猜忌依舊加防範，使得曹植在四十一歲之齡抑鬱而終。

　　曹植在政治上的不得志，反而讓他有更多的時間、精神從事創作，因此他是建安時期最有名的作家，以及建安詩人中現存作品最多的一位。後代對於他的評價很高，甚至稱讚他的作品「骨氣奇高，詞采華茂；情兼雅怨，體被質文。」意思是他的作品具有高貴的風格、氣質，文辭華麗豐富；情感很典雅又可以適度的表達哀怨，作品的體式，質樸與文雅很恰到好處。這樣的評論，基本上是有些過譽之嫌。

　　《文心雕龍・才略》篇說曹丕「魏文之才，洋洋清綺，舊談抑之，謂去植千里……子桓慮詳而力緩，故不競於先鳴。」這一段評論的主要的意思是指出，曹丕的文才不在曹植之下。《文心雕龍・才略》篇又說曹丕是「思捷而才俊」，可惜的是「俗情抑揚，雷同一響，遂令文帝以位尊減才，思王以勢窘益價，未爲篤論也。」這段話的意思是：世人因爲同情曹植受到壓迫的窘境，於是提高了他的評價；而曹丕是兄弟爭位的勝方，貴爲文帝之尊，人們因此刻意減低他的文學成就。這樣的評論，其實比較公平。

三曹作品選

◎ 曹操作品選

薤露行

題解

〈薤露行〉在樂府詩中，本來是出殯時唱的輓歌。曹操用舊題寫新詞，內容慨嘆漢朝用人不當，造成國家動盪、洛陽破敗。

本文

惟漢二十世[1]，所任誠不良[2]。沐猴而冠帶[3]，知小而謀彊[4]。猶豫不敢斷，因狩執君王[5]。白虹爲貫日[6]，己亦先受殃[7]。賊臣持國柄[8]，殺主滅宇京[9]。蕩覆帝基業，

1　惟漢二十世：惟，語助詞，無義。二十世，概略的數字，從漢高祖到漢靈帝，共二十二代。
2　所任誠不良：任，任命的大臣，此暗指何進。誠，確實。
3　沐猴而冠帶：沐猴，即獼猴。這句是罵人的話，說猴子雖然穿戴衣帽，還是猴子，用來諷刺那些不良的大臣。
4　知小而謀彊：知，同智。彊，強的古字。
5　因狩執君王：狩，古代君王出外巡視。這句指的是張讓、段珪逼迫少帝及陳留王（即獻帝）逃奔洛陽北方「小平津」的事件。張讓是東漢桓、靈帝時的宦官，在靈帝死後，袁紹與何進合謀誅殺宦官，結果何進反被張讓所殺。袁紹入宮，欲殺張讓，張讓與段珪脅持少帝到小平津，尚書盧植追到，張讓自殺。
6　白虹爲貫日：白色長虹穿日而過。一種罕見的日暈天象。古人認為人間有非常之事發生，就會出現這種天象變化。這裡是指弘農王少帝在初平元年被董卓殺害的事情。何進欲誅宦官，引董卓入宮，不料何進為宦官所殺後，董卓趁勢掌握實權，隨即廢掉少帝，立劉協為獻帝。不久後，又殺了少帝及何太后，專斷朝政。
7　己亦先受殃：己，自己，指何進。殃，災難。這一句是指何進本來想要誅殺宦官，卻因優柔寡斷，下不了決心，反而被宦官所殺。
8　賊臣持國柄：賊臣，指董卓。國柄，國家的權柄。
9　殺主滅宇京：殺主，董卓先是廢少帝為弘農王，後又殺之。宇京，指洛陽。

宗廟以燔喪[10]。播越西遷移[11]，號泣而且行。瞻[12]彼洛城郭，微子爲哀傷[13]。

譯文

漢朝傳了二十二代，任用的大臣實在不好。就像猴子穿戴衣帽，智慧很小卻想逞強。行事猶豫優柔寡斷，造成少帝受劫出京。白虹貫日的凶兆出現，君王被害，何進自己也先遭受罪殃。賊臣董卓把持朝廷大權，殺死少帝，焚毀京城洛陽。傾覆了漢朝四百年的基業，帝王宗廟焚燒一空。逼迫獻帝長途跋涉西遷長安，百姓哀號哭泣，跟隨前去。遠望洛陽城內外的慘狀，我就像當年的微子面對殷墟而悲傷。

賞析

　　這是一首詠史詩。

　　詠史詩的內容，大部分是從歷史上選取某一事件，來抒發個人的意見或感慨；其次，會寫這種主題的作者，幾乎都有一種憂國憂民的特質。例如《詩經・黍離》詩的內容，就是以感時傷懷爲主，而作者也被看作是憂國憂時的詩人。本詩的內容與作者的胸懷，基本上與〈黍離〉具有同樣的特點。但又有更進一步的表現，在於曹操完全根據史實來抒寫感慨，讀者稍具歷史知識，就可以了解詩的內容。〈黍離〉的寫法或許具有普遍性，而這首〈薤露行〉卻有著一針見血、確然不移的歷史評價。

---

10 燔喪：燒毀。

11 播越西遷移：播越，遷徙跋涉。西遷移，向西遷往長安。

12 瞻：向前看。

13 微子爲哀傷：微子是商紂王的哥哥，在商朝滅亡後，經過殷墟，見到宮室毀壞，廢墟上長滿了禾黍，十分感傷，作了一首〈麥秀〉的歌，表示哀傷。在這裡作者自比爲微子，看到了洛陽城的毀滅，而萬分感傷。又，現今流傳的《詩經》並沒有〈麥秀〉詩，也就是說，這一首〈麥秀〉詩屬於佚詩。

　　全詩共分四段，二、四、四、二的結構。第一段的兩句，總結了漢代失敗的經驗，在於任用不良的大臣，爲接下來第二段何進之事端及第三段董卓之禍害舖陳。第二段延續第一段所說的「知小謀強」，直接書寫何進謀誅宦官，卻反而被害的史事。第三段再寫董卓殺少帝、焚洛陽、挾遷獻帝、百姓流離之事。最後一段的兩句，寫自己眼見洛城的慘狀，油然而生當年微子的感慨。

　　詩的用韻採一韻到底，與一般古詩會換韻不同。而在字詞方面，曹操使用了「微子」的典故，以及像是「沐猴冠帶」、「白虹貫日」這種典雅的語詞，使得本詩很有古奧深沉的氛圍。至於本詩寫作的背景，當時何進被殺，袁術竊國，各方義師雖然號稱勤王，卻大多按兵不動，各有盤算。而曹操即使擁有「命世之才」，可惜的是這個時候他不但兵力薄弱，也還沒有號令天下的實力，看到國家多難、國都殘破，回想當年微子面對殷墟的毀壞，心中的悲憤與感傷，只能化爲詩句，寫下這一首佳作。

　　曹操用微子自比，看得出來他的憂國憂民，只可惜在《三國演義》中，「亂世梟雄」的形象深中人心，使得曹操的詩人身份被掩蓋住了，對他而言，實在很不公平。

延伸閱讀

詩經‧王風‧黍離

彼黍離離，彼稷之苗。行邁靡靡，中心搖搖。知我者，謂我心憂；不知我者，謂我何求。悠悠蒼天，此何人哉！彼黍離離，彼稷之穗。行邁靡靡，中心如醉。知我者，謂我心憂；不知我者，謂我何求。悠悠蒼天，此何人哉！彼黍離離，彼稷之實。行邁靡靡，中心如噎。知我者，謂我心憂；不知我者，謂我何求。悠悠蒼天，此何人哉！

短歌行

題解

這首詩慨嘆人生苦短，期許自己有如周公，使天下歸心。

本文

對酒當歌，人生幾何？譬如朝露[1]，去日[2]苦多。慨當
以慷[3]，幽思難忘[4]。何以解憂？唯有杜康[5]。青青子
衿[6]，悠悠[7]我心。但爲君故，沉吟至今[8]。呦呦鹿鳴[9]，
食野之苹[10]。我有嘉賓，鼓瑟吹笙[11]。明明如月，何時
可掇[12]？憂從中來，不可斷絕。越陌度阡[13]，枉用相
存[14]。契闊談讌[15]，心念舊恩。月明星稀，烏雀南飛，繞
樹三匝[16]，何枝可依？山不厭高，海不厭深[17]。周公吐

1 譬如朝露：朝露，早晨的露水。朝露遇日即乾，比喻人生短暫。
2 去日：死去的日子。
3 慨當以慷：慷慨的間隔用法，形容歌聲激昂不平。
4 幽思：深藏著的心事。
5 杜康：相傳是開始造酒的人，這裡作為酒的代稱。
6 青青子衿：衿，衣領。青衿是周代學子的服裝。《詩經》有子衿詩。
7 悠悠：長遠貌，通常是指感慨的心情。
8 沉吟：低聲吟味以思慮之，用白話可說成念念不忘。
9 呦呦鹿鳴：呦，音一ㄡ。呦呦以下四句，出自《詩經·小雅·鹿鳴》的第一章。呦呦，鹿鳴聲。
10 苹：艾蒿。
11 鼓瑟吹笙：瑟，古代的一種絃樂器。笙，古代的一種管樂器。
12 掇：拾取。
13 越陌度阡：阡、陌都是田間小路，南北向稱為阡，東西向稱為陌。越、度則表示走過。
14 枉用相存：枉，委屈。用，以。存，問候。
15 契闊談讌：契闊，聚散、合離，這裡屬於偏義複詞，偏用闊的意思，指久別。談讌，宴飲談話。
16 匝：周、圈。
17 山不厭高，海厭不深：二句原出自《管子》書，意思是山不嫌棄小土石，所以能夠成就自己的
　高；海不嫌棄小水流，所以能夠成就自己的深。

哺¹⁸，天下歸心。

譯文

對著美酒，應當高歌，人生在世幾多時日？就像早晨的露水，太陽出來就消失了，死去的日子比在世還多。感慨總是伴隨心情激昂而來，幽悶的思慮難以忘懷。用什麼消解憂悶呢？應該只有酒吧。那些青年好友，讓我長久思念，只是為了對你們的思念，讓我低聲吟詠到今日。小鹿呦呦鳴叫著，吃著原野上的艾蒿。我有貴賓，鼓瑟吹笙來歡迎。那皎潔的月光，什麼時候可以掇取？憂愁從內心湧出，怎麼也斷絕不了。委屈你們遠道來訪問候，久別後的相聚，彼此談心宴飲，心裡眷念著舊日情誼。月兒清明星星稀疏的夜晚，烏鵲向南方飛去，繞著大樹飛了幾圈，哪一枝椏可以棲息呢？山不嫌小土石而成其高，海不嫌小水流而就其深。周公「一飯三吐哺」，天下的人心就歸向他了。

賞析

　　這是一首頗為膾炙人口的作品。

　　本詩以四字為一句，這樣的四言詩雖然承襲了《詩經》的傳統，但是並不像《詩經》大部份的作品，具有「一唱三嘆」的形式，因此詩的內容及主旨的表達，相對比較自由，甚至更加呈現一種恢宏的氣勢，已非《詩經》那種溫柔敦厚的精神可比。

　　第一段的四句，起筆的格局非常壯闊。面對著美酒，應當放聲高歌，人生在世，來日無多，何苦終日眉頭深鎖？這樣豪氣萬千的作品，平實而論，在中國詩人中恐怕是創舉。單就這一點來說，曹操在中國文學史上的地位，足以睥睨群雄。其次，「人生苦短」這個主題在古詩

---

18 吐哺：哺，咀嚼著的食物。吐哺，將正在咀嚼的食物吐出來，表示求才若渴，急著接見前來拜訪的賢者。

十九首中已經十分常見，甚至是古詩十九首作品的基調。在古詩十九首中，生命短暫使得讀書人產生兩種不同的態度：一是及時行樂，二是及早建立功業。曹操卻在這一首詩歌中，揉合了颯颯的豪邁與淡淡的感傷，並進一步導出自比周公、求才若渴的雄心壯志。

　　第二段（五到八句）承接、補足第一段之意，在十六字中出現了「慷、慨、幽思、憂」，比例算是很高，說明了人生的不如意也很多，而只有酒能解憂。第三段先是使用《詩經》的兩句詩句，再加入自己的句子，但巧妙之處就在四句的結合非常自然，完全看不出舊與新的縮合痕跡。第三段更是直接使用《詩經》的句子，在全詩之中一樣毫不牽強，甚至讓全詩平添許多古意。尤其最難能可貴的是，三、四段的詩句來自《詩經》中不同的篇章，卻在曹操的剪裁之下，呈現了一種很細膩、很雅緻的氣氛，是一種很溫文儒雅的情思，而且是從自身的憂思，過渡到對於「君」與「賓」的渴慕。換句話說，曹操的憂思，並不是為了一己之私，在背後其實還有更大的意涵。

　　到了第五段，詩的氣氛作了一個小轉折，配合入聲韻，曹操說出了他的「憂」，明月本來就不可掇取，曹操為什麼會自尋煩惱，感慨「何時可掇」？似乎他也感染到人命有時而盡的無奈，才會出現理性也無法斷絕的憂愁。第六段回應了三、四段，提到「有朋自遠方來」的快樂。這些「朋友」，應該都是志同道合，為了共同的理想而準備一起奮鬥的伙伴。曹操的態度十分謙遜，用了「枉」這個字，實際上這些人「越」陌「度」阡，在古代交通極為不便的情形下，旅途的勞頓可想而知，當然使得曹操感動萬分。至於這部份的內容是虛寫或實寫，並不那麼重要，曹操真正想要表達的是第七、八段的結語。

　　在最後兩段中，第七段在暗示天下賢者「良禽擇木而棲」，如果像鳥雀繞樹、找不到可以棲處的「枝」，不如歸向他。所以第八段中，曹

操先以「山海」自比，又以「周公」自許，希望學習周公「一飯三吐哺」的精神，廣納賢士、為己所用。整首詩的結構綿密、轉折自然，從生命苦短到放懷飲酒，再到喜迎嘉賓、籠絡賢士，在淡淡悲涼中，又有許多豪情壯志，成為千古名篇，毫不僥倖。

　　詩的用韻基本上很規律，配合段落結構，每四句為一單位，共有八段，前七段中的第一、二、四句末字押韻，第八段則只有第二、四句押韻。韻腳如下：「（歌、何、多）；（慷、忘、康）；（衿、心、今）；（鳴、苹、笙）；（月、掇、絕）；（阡、存、恩）；（稀、飛、依）；（深、心）」。在這些韻腳中，值得注意的是第五段的入聲韻。前文也提到，曹操使用入聲韻來表達他的「憂」，因為入聲韻收音急促，最適合傳達抑鬱的情緒，這也是本詩用韻十分成功的地方。

　　整體來說，這是一首十分成功的佳作。

延伸閱讀

詩經・國風・鄭風・子衿

青青子衿，悠悠我心。縱我不往，子寧不嗣音？青青子佩，悠悠我思。縱我不往，子寧不來？挑兮達兮，在城闕兮。一日不見，如三月兮。

詩經・小雅・鹿鳴

呦呦鹿鳴，食野之苹。我有嘉賓，鼓瑟吹笙。吹笙鼓簧，承筐是將。人之好我，示我周行。呦呦鹿鳴，食野之蒿。我有嘉賓，德音孔昭。視民不恌，君子是則是傚。我有旨酒，嘉賓式燕以敖。呦呦鹿鳴，食野之芩。我有嘉賓，鼓瑟鼓琴。鼓瑟鼓琴，和樂且湛。我有旨酒，以燕樂嘉賓之心。

苦寒行

描寫行軍的艱苦以及對戰爭的感慨。

本文

北上太行山[1]，艱哉何巍巍[2]！羊腸坂詰屈[3]，車輪爲之摧。樹木何蕭瑟，北風聲正悲！熊羆對我蹲[4]，虎豹夾路啼[5]。谿谷少人民，雪落何霏霏[6]。延頸[7]長歎息，遠行多所懷。我心何怫鬱[8]，思欲一[9]東歸。水深橋梁絕，中路正徘徊。迷惑失故路，薄暮無宿棲[10]。行行日已遠，人馬同時饑。擔囊行取薪，斧冰持作糜[11]。悲彼《東山》詩[12]，悠悠使我哀。

譯文

軍隊北上翻越太行山，山峰高聳，行軍多麼艱難！羊腸般的小路迂迴彎曲，

1　太行山：在今河南、山西、河北境內。曹操自鄴城西北度過太行山，攻打高幹所在的壺關，所以是北上。
2　巍巍：山很高峻。
3　羊腸坂詰屈：羊腸坂，地名，在壺關東南。坂，斜坡。詰屈，盤旋紆曲。
4　熊羆對我蹲：羆，一種大熊。蹲，蹲踞。
5　啼：號叫。
6　霏霏：雪花紛飛。
7　延頸：伸長脖子向遠處望。
8　怫鬱：憂愁不安。
9　一：助詞，無義。
10　薄暮無宿棲：薄暮，傍晚。宿棲，住宿的地方。
11　斧冰持作糜：斧，斫砍。糜，粥。
12　東山詩：《詩經》有一首東山詩，內容描寫久戍在外的軍士，在還鄉途中思念家鄉的情懷。

車輪都被折斷了。樹木多麼地蕭瑟，北風的聲響十分悲涼。熊羆對著我蹲踞在前，虎豹夾道號叫。山間人煙稀少，大雪漫天飛揚。大家伸長著脖子，發出長長的歎息，遠行在外，思念也就特別多。我的心啊，多麼憂愁鬱悶，想要回到東邊的故鄉。河水很深，橋梁斷絕，隊伍在路上徘徊不前。行進迷失，找不到原路，傍晚也沒有投宿的地方。走著走著，太陽已落山了，行人和戰馬同時饑睏不堪。挑著行囊去採集薪柴，鑿開堅冰取水煮粥。感傷想起那首《東山》詩，深長的憂思使我哀傷！

賞析

這一首詩寫的是軍旅之苦。

中國的古籍《尚書》說：「詩言志。」說明了詩是用來抒發個人情感的文字。平心而論，就以本詩而言，從詩句中我們看到的是一位能與士兵同甘共苦的將領，不但深自體會山行之苦與士卒思歸之心，更將眼前所見種種景象、心中所感諸多悲涼，化為字字句句，深深打動人心。這些是在曹操的作品中，經常流露出的悲憫情懷，讀來令人分外動容，很難與所謂的「亂世梟雄」聯想在一起。

從詩的結構來看，呈現的是二、四、四、四、四、四、二句的內容。首二句有點提領全詩的意味，說到北上太行山的艱難萬狀。第三到第六句，強調山徑狹窄彎曲，車行不易，加上時值冬季，北風淒厲、林木蕭瑟，平添許多悲涼。第三小段從熊羆虎豹在路旁出沒，來突顯山上人煙稀少。第四小段由景物拉回人情，面對此景，大家都想回到故鄉。第五小段強化山行的艱辛，不但水深橋斷、軍隊迷路，還找不到夜宿之處。第六小段承接第五段，說明天色已晚，人馬俱疲，只好趕緊採薪、鑿冰、煮粥。最後二句以想起《詩經·豳風·東山》詩句，觸動了詩人內心更多的感傷作結。

　　詩的用韻齊整,一韻到底。由於是親身的體驗,景物的舖寫,特別令人感受到冬日山行的艱困。尤其是動態的描寫方面,從樹木蕭瑟、北風聲悲、熊羆蹲踞、虎豹夾啼,一直到雪落霏霏、徘徊迷途、人馬同饑,使用的文字十分淺白,表達的意涵卻能扣緊主題。其次,曹操在「艱哉何巍巍」、「樹木何蕭瑟」、「雪落何霏霏」、「我心何怫鬱」這四句中,一連用了四次「……何……」的句子,「何」是「何等的、多麼的」的意思,用來強化想要表達的感覺,從山到樹到雪再到我心,讓讀者深刻感受到自然景物對人心的強烈感染力。

　　詩的最後兩句,曹操引用了《詩經‧東山》詩,〈東山〉詩寫的是戰士久征不歸,思念家人的悲痛。坦白說,詩人身份的曹操與歷史人物的曹操,似乎有著很大的差異:詩人曹操多了許多人性中的弱點,這在過度美化的《三國志》歷史中,或是全然權謀的《三國演義》小說中,都被扭曲與掩蓋了。

　　如果再進一步比對李白的〈蜀道難〉,李白的作品即使更加逸興遄飛、更加波濤壯闊,卻總覺有些「為情造文」的味道,而不如曹操這種親身體會、「直抒胸臆」的感動。兩者的高下,或許無法一概而論,曹操作為中國文學史上的「三曹」之首,絕對是當之無愧。

延伸閱讀

國風‧豳風‧東山

我徂東山,慆慆不歸。我來自東,零雨其濛。我東曰歸,我心西悲。制彼裳衣,勿士行枚。蜎蜎者蠋,烝在桑野。敦彼獨宿,亦在車下。我徂東山,慆慆不歸。我來自東,零雨其濛。果臝之實,亦施于宇。伊威在室,蠨蛸在戶,町畽鹿場,熠燿宵行。不可畏也,伊可懷也。我徂東山,慆慆不歸。我來自東,零雨其

濛。鸛鳴于垤，婦歎于室。洒掃穹窒，我征聿至。有敦瓜苦，烝在栗薪。自我不見，于今三年。我徂東山，慆慆不歸。我來自東，零雨其濛。倉庚于飛，熠燿其羽。之子于歸，皇駁其馬。親結其縭，九十其儀。其新孔嘉，其舊如之何？

蜀道難　　　　　　　　　李白

噫吁戲，危乎高哉！蜀道之難，難於上青天！蠶叢及魚鳧，開國何茫然。爾來四萬八千歲，不與秦塞通人煙。西當太白有鳥道，可以橫絕峨眉巔。地崩山摧壯士死，然後天梯石棧相鉤連。上有六龍回日之高標，下有沖波逆折之回川。黃鶴之飛尚不得過，猿猱欲度愁攀援。青泥何盤盤，百步九折縈巖巒。捫參歷井仰脅息，以手撫膺坐長歎。問君西遊何時還，畏途巉巖不可攀。但見悲鳥號古木，雄飛雌從繞林間。又聞子規啼夜月，愁空山，蜀道之難，難於上青天！使人聽此凋朱顏。連峰去天不盈尺，枯松倒掛倚絕壁。飛湍瀑流爭喧豗，砯崖轉石萬壑雷。其險也如此，嗟爾遠道之人胡為乎哉！劍閣崢嶸而崔嵬，一夫當關，萬夫莫開。所守或匪親，化為狼與豺。朝避猛虎，夕避長蛇，磨牙吮血，殺人如麻。錦城雖云樂，不如早還家。蜀道之難，難於上青天！側身西望長咨嗟。

陌上桑

題解

　　這是一首遊仙詩，描寫精神上的遊仙與超脫。

本文

駕虹蜺[1]，乘赤雲[2]，登彼九疑歷玉門[3]。濟天漢[4]，至崑崙[5]，見西王母謁東君[6]。交赤松[7]，及羨門[8]，受要秘道愛精神[9]。食芝英[10]，飲醴泉[11]，柱杖桂枝佩秋蘭。絕人事[12]，游渾元[13]，若疾風遊欻飄翩[14]。景[15]未移，行數千，壽如南山不忘愆[16]。

1　虹蜺：彩虹。
2　赤雲：紅色的雲霞。
3　登彼九疑歷玉門：九疑，山名，在湖南省。相傳舜帝南巡，死在蒼梧之野，後來就葬在九疑山。此山有九峰，形狀相似，使得經過的人感到疑惑，所以稱作九疑。玉門，山名。
4　濟天漢：濟，渡。天漢，天河。
5　崑崙：崑崙山，古代相傳是西王母居住的地方。
6　見西王母謁東君：西王母，神仙名，在《山海經》裡的記載是「其狀如人，豹首虎尾」，後來則演變成美貌的女神。謁，拜見。東君，即太陽神。
7　交赤松：交，交朋友。赤松，赤松子，神仙名，相傳是神農氏時的雨師。
8　羨門：仙人名。
9　受要秘道愛精神：秘道，秘密的仙術。愛，愛養。
10　芝英：靈芝。
11　醴泉：甘美的泉水。
12　絕人事：斷絕人世間的各種紛擾。
13　混元：大自然，天地。
14　欻飄翩：欻，急促。飄翩，輕疾飛行貌。
15　景：影，指日影。
16　不忘愆：不忘、不愆。

譯文

駕著七彩的虹蜺，乘著赤色的雲霞，登上那九疑山，又經過玉門山。渡過天河，到達崑崙山，拜見西王母，進謁東君。與赤松子、羨門子交友相好，接受神秘的仙道，愛養自己的精神。吃靈芝，飲甘泉，拄著桂枝拐杖，佩戴著秋蘭花。斷絕人事的紛擾，漫遊在混沌的天地間，像疾風一樣輕快地飛翔。日影尚未移動，就飄行了數千里。壽命有如南山的長久，不會有過失，也不會遺忘。

賞析

　　這是一首主題十分特殊的作品。

　　詩的結構以三、三、七句為一組，共有六組，韻腳在每一組的第二、三句，前三組一韻，後三組換韻，相當齊整。第一小段先寫駕虹乘雲到天界，第二小段寫拜見西王母與太陽神，第三小段說到與仙人結交，第四小段寫仙界食飲，第五段強調仙界無憂，身、神如風，第六段以身形無拘、不忘己愆作結。

　　遊仙主題的作品最早是屈原所創，後來像是樂府古辭裡的〈董逃行〉、〈步出夏門行〉、〈王子喬〉以及曹操所寫的〈氣出唱〉、〈秋胡行〉，加上這一首〈陌上桑〉，或是曹丕寫的〈折楊柳行〉，都是遊仙主題的作品，可見這類主題在魏晉已經開始流行。這篇作品與前面介紹的各篇很不一樣，充滿了想像力，具有浪漫主義的色彩。

　　嚴格來說，遊仙詩有些不切實際，但是從追求生命的超脫，進而創作出這一類型的作品，並不難理解，也不必苛求即使是像曹操這樣雄才大略的人，也有這種出世之作。而且曹操雖然寫下了這些出世之作，但感覺上態度卻是正面的，「愛精神」與「絕人世」，可說是這首詩的核

心價值，也就是說在紛擾的人事中，要能持養精神，不爲物累，在精神上超脫俗世。這不是對於現實的逃避，而是精神渴望追求的一種境界。另一種說法是：曹操的遊仙詩是出自「不戚年往，憂世不治」，意思是曹操就怕在自己有限的生命結束前，無法看到國家大治（太平），才會嚮往神仙之境。

　　值得注意的是：在古詩十九首中，一方面覺得人生苦短，所以倡導及時行樂的人生態度，像是「爲樂當及時」，或是「不如飲美酒，被服紈與素」；另一方面，反而十分排斥神仙、長生之說，而有「服食求神仙，多爲藥所誤」的句子。從這個層面來看，曹操遊仙詩中表現的思想，並不是盲目地追求長生不老，顯得相對的積極。

　　曹操是一位積極用世的豪傑，由他的作品中加以印證，基本上十分地相合，足以爲他洗去「亂世梟雄」的污名。

◎ 曹丕作品選

清河見挽船士新婚與妻別作

題解

這首詩寫新婚離別的傷痛與相會的願望。

本文

與君結新婚，宿昔[1]當別離。涼風動秋草，蟋蟀鳴相隨。列列[2]寒蟬吟，蟬吟抱枯枝[3]。枯枝時飛揚，身輕忽遷移[4]。不悲身遷移，但惜歲月馳[5]。歲月無窮極，會合安可知？願爲雙黃鵠，比翼[6]戲清池。

譯文

與你才剛新婚，旦夕就要分離。涼風吹動著秋草，蟋蟀鳴叫著相隨。寒蟬在寒風中嘶吟，牠嘶吟時抱著枯枝。枯枝不時被風吹起，寒蟬輕輕的身體一下子就跟著枯枝遷移。身體遷移不算什麼，只是可惜歲月飛快消逝。歲月無窮盡，相會的日子哪能知道？希望化作一雙黃鵠鳥，一起在清池上嬉戲。

賞析

　　本詩共有十四句，最特殊的手法在於接連地使用修辭的頂眞技巧。

1　宿昔：應是「夙夕」的假借字，即早晚、旦夕之意，比喻時間很短。
2　列列：寒冷的樣子。
3　抱枯枝：比喻獨守空房。
4　遷移：指寒蟬被風吹到他處。
5　馳：奔跑。
6　比翼：並翅飛翔。

包含「蟬吟」、「枯枝」、「遷移」、「歲月」，共用了四次，使得全詩在結構上顯得無比緜密，似斷而實連。不過本詩的頂眞，一則是兩個字爲一單位的語詞，而不是單一的字；二則並不是完全出現在句尾／句首，看起來相當活潑多變。

　　起頭的兩句，讓人想到杜甫的〈新婚別〉：「結髮爲妻子，席不暖君床。暮婚晨告別，無乃太匆忙。」新婚之際，應該是甜甜蜜蜜的時候，卻必須承受令人心傷的離別。尤其到了秋涼時節，眼睛所見是秋草、枯枝，耳朵所聽是蟋蟀、寒蟬的鳴吟，身體感受的則是涼風冽冽。這樣的煎熬，使得新婚的妻子身形削瘦。而即使身形削瘦下來，她一點也不感傷，她眞正悲傷的是：在無窮無極的悠悠歲月中，什麼時候才可以與夫君再相見？因此最後她提出了一個既卑微卻不可能的心願：希望變成一對黃鵠鳥，在清池裡嬉戲。

　　這種思婦主題的作品，一般都圍繞在思念丈夫的愁思之中。值得注意的是，詩句中有不少古詩十九首的影子，例如「與君結新婚」在〈冉冉孤生竹〉裡是「與君爲新婚」，「會合安可知」在〈行行重行行〉裡是「會面安可知」，「願爲雙黃鵠，比翼戲清池」在〈西北有高樓〉裡是「願爲雙鴻鵠，奮翅起高飛」；甚至「不悲身遷移，但惜歲月馳」這個「不悲……但惜……」的句型，在〈西北有高樓〉裡是「不惜歌者苦，但傷知音稀」，也十分相似。這種情形即使造成曹丕詩作的原創性略顯不足，可是從曹丕的身份地位來說，在當時貴遊文學盛行的時代，這種主題的寫作，還是值得肯定。

　　離別後的思念總是令人感傷，本詩深刻而細膩地寫出這種感受，整首作品的曲風，凝煉出一種悲涼而感傷的氣氛。

燕歌行　其一

題解

女子在秋夜裡思念遠方丈夫的哀歌。

本文

秋風蕭瑟天氣涼，草木搖落[1]露爲霜。群燕辭歸鵠南翔，念君客遊多思腸[2]。慊慊[3]思歸戀故鄉，君何淹留[4]寄他方？賤妾煢煢[5]守空房，憂來思君不敢忘，不覺淚下沾衣裳。援[6]琴鳴絃發清商，短歌微吟不能長。明月皎皎照我床，星漢[7]西流夜未央[8]。牽牛織女遙相望，爾獨何辜[9]限河梁[10]？

譯文

秋風蕭蕭，天氣清涼。草木凋零，露水結成寒霜。成群的燕子離開北方，野雁向南方飛翔，想起你客遊他鄉，讓我的思念滿懷。你應該一心思歸眷戀著故鄉，為什麼久久寄留在他鄉？我孤單地守著空閨。憂愁到來，思念著你不敢忘懷，不知不覺流下眼淚沾濕衣裳。拿起琴撥動琴絃演奏淒清的商調曲，

1　搖落：凋殘。
2　思腸：思念。
3　慊慊：心不滿足的樣子。
4　淹留：久留。
5　煢煢：孤單。
6　援：引，拿。
7　星漢：星辰及天河。
8　央：盡。
9　何辜：何故。
10　河梁：河上的橋。

輕輕吟唱一首短歌，音節短促不能太悠長。皎潔的月光照在我的床上，銀河流轉向西方，長夜還不到盡頭。牽牛星和織女星遙遙相望，你們為什麼被河橋隔絕在兩方？

賞析

　　這一首作品，一直以來都獲得很高的評價，稱得上是千古絕唱。

　　從作品的句式來看，一般的說法認為，這是中國最早完成的七言詩，這是它受到推崇的第一個原因。再從詩的主題所表達的「思婦」內容，在情境的塑造與意象的渲染，更是不可多得的佳構。作品一開始的兩句，使用了秋風、天氣、草木、露四個意象，渲染出一幅悲秋的景色，從秋風、天氣，到草木、露水，描寫的景物由大而小、由遠而近，就這兩句，將整首詩的起筆經營得有聲有色。第三句先寫群燕與鴻鵠，借物起興，如果群燕與鴻鵠都南歸了，為什麼思念的人卻還不見蹤影呢？從自然景物的轉變引起思念的愁緒，使得三、四句的承轉十分自然，也讓後面的情感表達有了基礎。

　　從第五句到第十一句，很集中地描寫這位獨守空閨女性的心情、動作。這部份本來就是全詩的重點，在刻劃上更是細膩。第五句延續第四句的意思，設想遊子應該會思鄉欲歸，但是既然思鄉欲歸，又為什麼不見蹤影，反而長久留在遠方的異鄉呢？這裡使用問句，問的對象是遊子也是自己。思婦的心思整個已經被這種情懷佔據了而無法排解，想到自己只能獨守空房，不敢忘記過去種種，不敢忘記對他的思念，不敢忘記彼此的約定，不敢忘記……。然而愈是不敢忘記，愈是對自我的折磨，於是拿出琴來，希望藉著彈琴抒發心情。心境如此感傷，彈的琴曲必然也是感傷的清商曲，但或許是害怕別人聽得出來，或許是害怕自己無法再承受這種情緒，結果彈的琴曲反而是不長的「微吟」。這樣的微吟，

當然無法化解濃郁的相思，最後採用了「借他人酒杯，澆自己塊壘」的移情作用，先寫照著床的皎皎月光，由月光而延伸到天上的星漢，看著夜空，想著牽牛、織女星的遙遙相望，思婦寄予無限的同情，問著牽牛與織女：你們為什麼這麼無辜，被限定在河梁兩邊，而不能相見呢？其實這一問，根本不會有人回答，思婦也只是藉此轉移自己的哀愁。特別的是在本詩中共有兩個問句，一句是「君何淹留寄他方」，再加上這一句「爾獨何辜限河梁」，問句的運用，使得詩歌的結構有了跌宕的美感，也透露出更多的無奈，強化了整首詩歌層層暈染的效果，算是很成功的作品。

　　在修辭上，本詩有幾個字、詞特別值得一提，例如「淹留」的「淹」字，淹是久的意思，淹留就是久留，表達了思婦的強烈感受。坦白說，即使遊子出外只有幾天，對於獨守空閨的思婦而言，同樣會有度日如年、一日不見如隔三秋的煎熬吧？第二個例子是第八句的「不敢忘」，「不敢忘」比起「不能忘」，顯然情感更加地濃烈。「不能忘」有點不由自主的感覺，「不敢忘」則是時時提醒自己「不能忘」，一旦忘了，生活的重心也跟著沒了，人也完全無可自處，所以說「不敢忘」比「不能忘」來得強烈許多。第三個例子可以注意的是第十一句的「短歌微吟不能長」，「微吟」與「不能長」互相補足文義。明明是濃烈到化不開的思念，卻怕自己的情緒無法控制，而選擇不能長的「微」吟，可以說是萬般無奈、不得不如此。

　　接下來要談的是本詩的用韻。這首詩表達的是相對比較感傷的心情，傳統詩歌在用韻的選擇上，類似的情緒大多使用入聲韻或是發聲較悶的韻腳，而本篇卻大膽採用了「尢」韻（傳統稱為「陽」部），頗有藝高人膽大的味道。因為「尢」韻唸起來較響亮，適合抒寫快樂的心

情，最典型的例子就是杜甫〈聞官軍收河南河北〉詩：「劍外忽傳收薊北，初聞涕淚滿衣裳。卻看妻子愁何在？漫卷詩書喜欲狂。白日放歌須縱酒，青春作伴好還鄉。即從巴峽穿巫峽，便下襄陽向洛陽。」在後代使用這個技巧的作品，像是柳永的〈玉蝴蝶〉，寫的是蕭疏、清幽的秋景及思念朋友的心情，又如蘇東坡的〈江城子〉，則是記述夢見亡妻的感傷，都採用了「尢」韻，都是極為成功的佳作，說不定就是從本詩得到的靈感。

　　最後還有一點比較特殊的是本詩共有十五句，就傳統詩歌而言，奇數句的作品很少見，特別是字數齊整的七言古詩，本詩已被視為開山之作，而大膽採用單數句，多少可以看作是曹丕勇於嘗試的創作精神。

燕歌行　其二

題解

女子感嘆別易會難，因思念丈夫、無法成眠，起身徘徊之作。

本文

別日何易會日難，山川遙遠路漫漫[1]。鬱陶[2]思君未敢言，寄聲[3]浮雲往不還。涕零[4]雨面[5]毀容顏，誰能懷憂獨[6]不歎，展詩清歌聊[7]自寬，樂往哀來摧肺肝[8]。耿耿[9]伏枕不能眠，披衣出戶步東西，仰看星月觀雲間。飛鶬[10]晨鳴聲可憐，留連[11]顧懷[12]不能存[13]。

譯文

離別多麼地容易，相會卻難上加難。山水阻隔，路途遙遠不見盡頭。我滿懷憂鬱，思念你呀，又不敢對人說，寄去的書信像浮雲一樣一去無蹤。眼淚像雨水似的淋濕了面孔，青春容顏受盡摧殘。誰能滿懷憂愁而不長嗟短歎？我

1　漫漫：悠長的樣子。
2　鬱陶：憂思積聚。
3　寄聲：音訊、書信。
4　涕零：眼淚流落。零，落。
5　雨面：淚流滿面。
6　獨：特。
7　聊：姑且。
8　摧肺肝：摧，摧裂。摧肺肝，極為悲痛之意。
9　耿耿：心中掛懷，煩躁不安的樣子。
10　鶬：鶬鶊，黃鶯的別名。
11　留連：徘徊不忍離去。
12　顧懷：顧念思懷。
13　存：放，放置，放下。

展開詩篇歌唱，想借以寬解一下，可是歡樂過後悲哀隨著襲來，痛苦得裂了肺肝。心神不安伏在枕上無法入睡，披上衣服走出門外獨自徘徊，抬頭望著在雲彩間閃耀的星星和月亮。飛鶊在早上鳴叫，聲音可憐。我也留連思念，無法忘懷。

賞析

　　本詩與前一首的主題類似，表現的手法也有一些相似之處。

　　詩的一開始，總結了許多人共同的經驗，概括性極強，古往今來，深受離別、相思所苦的人，都能體會所謂的「別日何易會日難」。其實大部份的詩人往往強調離別時的依依不捨，因此寫的是離別之「難」，像是李商隱的詩句說「相見時難別亦難」，又例如古詩十九首〈行行重行行〉一開始的兩句是「行行重行行，與君生別離」，也將離別的心情寫得極為沉痛。而本詩雖然寫的是「別日何易」，卻像是回憶離別的時候，不管多麼的難分難捨、不想離去，最後還是不得不分別，於是感情細膩的詩人很自然地說出：離別是何等地容易啊！換句話說，「會少離多」令人神傷，仍是詩人為人們表達出來的共同心聲。

　　如同前文所說，本詩與前首的表現手法有些類似，包含離別的思念、音樂的感傷、夜深難眠、仰視星月、淚眼望穿，都重複出現在這兩首作品中。不過，前首比較著重在季節的暈染，而後者則強調空間的描述，例如「山川遙遠路漫漫」，寫出空間的阻隔；而「往、來、步、流連」這幾個動詞，基本上也都與移動／空間有關。另外，詩作的時間從夜間難眠到飛鶊晨鳴，顯然又是一個徹夜無眠的日子，而思念的煎熬也在這樣的情境中，不斷加深、加重。這種手法與古詩十九首的〈凜凜歲云暮〉頗為相似，同樣也有時間推移的悲哀。

　　詩中連用五個否定句，包含「未敢言」、「往不還」、「獨不

嘆」、「不能眠」、「不能存」，充分表現出思婦的無奈。再從詩中使用的字詞來看，「鬱陶」、「懷憂」、「嘆」、「哀」、「耿耿」、「可憐」、「顧懷」，曹丕的確很擅長將思婦的心情，一點一滴勾勒、暈染出來，使得思念的愁緒明明是未敢言，實際上卻是「不能存」，中間的轉折讓人不得不佩服曹丕的高超技巧。其次，同樣用音樂排遣心情，前一首是「短歌微吟不能長」，這一首卻是「展詩清歌聊自寬」；前一首很快將思緒轉到皎皎明月，本詩卻是重重一擊，而寫下「樂往哀來摧肺肝」的句子，猶如千鈞巨石壓胸口，讀來令人不勝唏噓。

這兩首〈燕歌行〉的用韻，採用的是所謂的柏梁體，句句押韻；而這一首的用韻是將古韻的十二、十三、十四部通押，韻腳是「難、漫、言、還、顏、歎、寬、肝、眠、西、間、憐、存」，由於韻部較寬，相對的文字上也較自由不受限。

從這首作品的句數與用韻，可以再一次肯定曹丕勇於創新的寫作風格。

大牆上蒿行

這是一首強調人生倏忽，不妨隱約以對、爲樂及時的作品。

本文

陽春無不長成。草木群類¹隨大風²起，零落若何³翩
翩，中心獨立一何煢⁴。四時舍⁵我驅馳⁶，今我隱約⁷欲
何爲？人生居天地間，忽如飛鳥棲枯枝。我今隱約欲
何爲？適⁸君身體所服⁹，何不恣¹⁰君口腹所嘗？冬被貂
鼲¹¹溫暖，夏當服綺羅¹²輕涼。行力自苦，我將欲何爲？
不及¹³君少壯之時，乘堅車策肥馬良？上有倉浪之天，
今我難得久來視；下有蠕蠕¹⁴之地，今我難得久來履¹⁵。
何不恣意遨遊，從君所喜？帶我寶劍，今爾¹⁶何爲自

1　類：物類。
2　大風：秋風。
3　若：奈何。
4　煢：孤獨。
5　舍：同捨，捨棄。
6　驅馳：本意為策馬快奔，在此比喻時間的流逝。
7　隱約：隱，靜。約，儉。即隱藏自己的心意，過儉約的生活。
8　適：投合。
9　服：佩帶，使用。
10　恣：任意。
11　被貂鼲：被，穿。貂，貂鼠。鼲，音ㄏㄨㄣˊ，灰鼠。貂鼲，皮毛可製成名貴的皮衣。
12　綺羅：泛指華貴的絲織品或絲綢衣服。
13　及：趁。
14　蠕蠕：像蟲子似的前後蠕動身體或身體的一部分，形容慢慢移動的樣子。
15　履：踐踏、行走。
16　爾：你，寶劍。

低昂[17]？悲麗平[18]壯觀，白如積雪，利若秋霜。駮犀標
首[19]，玉琢[20]中央。帝王所服，辟除凶殃[21]。御[22]左右，奈
何致福祥。吳之辟閭[23]，越之步光[24]，楚之龍泉[25]，韓有
墨陽[26]，苗山之鋌[27]，羊頭[28]之鋼，知名前代，咸自謂麗
且美，曾[29]不知君劍良綺[30]難忘。冠青雲之崔巍[31]，纖羅
為縷[32]，飾以翠翰[33]，既美且輕。表容儀，俯仰垂光榮。
宋之章甫[34]，齊之高冠[35]，亦自謂美，蓋[36]何足觀？排金
鋪[37]，坐玉堂。風塵不起，天氣清涼。奏桓瑟[38]，舞趙
倡[39]。女娥[40]長歌，聲協宮商。感心動耳，蕩氣回腸[41]。

---

17 低昂：起伏，時高時低。指寶劍似有不平之氣，而時高時低，暗指佩帶寶劍之人想要有所作為。
18 悲麗平：悲，慨嘆。麗，美。平，正。
19 駮犀標首：駮，傳說中的一種形似馬而能吃虎豹的野獸。犀，犀牛。標，表識。首，劍首。
20 琢：雕刻，雕琢。
21 辟除凶殃：辟，排除。殃，禍害。
22 御：君王所用稱為御，即佩帶。
23 辟閭：春秋時代著名鑄劍工匠歐冶子為吳王所鑄之寶劍。
24 步光：古代的寶劍名稱。
25 龍泉：寶劍名，又稱龍淵。
26 墨陽：古代寶劍的名稱。墨陽本為地名，其地產劍，因為劍名。
27 苗山之鋌：苗山，楚山，出產鋒利的兵器。鋌，銅鐵。
28 羊頭之鋼：應即羊頭之銷，白羊子刀。
29 曾：乃，卻。
30 良綺：良，甚。綺，精妙、精美。
31 冠青雲之崔巍：冠，作動詞用，頭戴。崔巍，高峻，高大雄偉。
32 縷：帽帶。
33 翠翰：翠鳥的羽毛。
34 章甫：古代的一種禮帽。
35 高冠：傳說古代齊桓公高冠博帶來治理國家，這裡泛指齊國的禮帽。
36 蓋：發語詞，無義。
37 排金鋪：排，推開。金鋪，本來是門上用來銜門環的獸頭狀東西。後多指門環，這裡代指門。
38 桓瑟：齊國的瑟。
39 趙倡：趙國的倡女。
40 女娥：泛指一般的歌女。
41 蕩氣回腸：形容音樂或文辭感人之深，又作「迴腸蕩氣」。

酌桂酒⁴²，膾鯉魴⁴³。與佳人期爲樂康⁴⁴。前奉玉卮⁴⁵，爲我行觴⁴⁶。今日樂，不可忘。樂未央⁴⁷。爲樂常苦遲，歲月逝忽若飛。爲何自苦，使我心悲？

譯文

春天裡，一切都生長起來。隨著秋風吹起，各種的花草樹木紛紛飄零，只剩下中心的莖幹多麼地孤伶。一年四季快速更替，捨棄了我。現在我隱居儉約生活為的是什麼？人活在天地之間只有一下子，就像飛鳥棲息在枯枝上。我現在隱居儉約生活為的是什麼？穿上合身的衣服，為什麼不隨意滿足口腹慾望去品嚐？冬天穿上溫暖的貂鼲皮衣，夏天應當穿著輕薄涼快的綺羅。靠著勞力自求刻苦，為的是什麼？何不趁著你少壯的時候，乘坐堅牢的車子，鞭策肥壯的駿馬？上有青蒼的天空，現在的我卻難得長久仰視；下有蠕動的大地，現在的我卻難得長久踐踏。何不任意遨遊，順從自己的喜好？帶著我的寶劍，你現在為什麼自己高高低低地晃動？感嘆的是你美麗端正又壯觀，白得像積雪，鋒利如秋霜。用的是駮、犀的角做劍柄頭，用美玉鑲嵌在劍柄中央。如果是帝王佩帶，就用來辟除禍患，指揮左右大臣，為國家帶來幸福吉祥。吳國的辟閭，越國的步光，楚國的龍泉，韓國產的墨陽，苗山出的銅鐵，白羊子刀，在前代就知名，都自稱是最美最好的，但是，卻不知你的寶劍精美出色，令人難忘。戴著高聳入雲的帽子，用纖細的綺羅作帽帶，再用翡翠和錦雞的羽毛裝飾，既美觀又輕巧。用來襯托你的儀表容貌，使你俯仰之間充滿光彩。宋國的章甫，齊國的高冠，也自稱很美，與你的相比，哪值

---

42 桂酒：桂花酒。
43 膾鯉魴：膾，音快，細切的肉。魴，音房，與鯿魚相似，銀灰色，腹部隆起，生活在淡水中。
44 期為樂康：期，約定。樂康，安樂。
45 卮：古代盛酒的器皿，即酒杯。
46 行觴：行酒，依次斟酒。
47 央：盡。

得一看呢？推開大門，坐在華美的殿堂，風不吹，塵不揚，天氣十分清涼。齊國的瑟演奏著，趙國的倡女跳著舞，歌女高歌，歌聲協調和諧，悅耳動聽，使人心神激動，回味再三。喝的是桂花酒，吃的是細切的鯉魚和魴魚。與佳人相會十分快樂。美人上前舉起玉杯，對我敬酒。今天的快樂，不可忘懷，歡樂還沒有窮盡。及時行樂，常常擔心時間太晚了，歲月消逝，一下子就像飛的一般不見。為何自己受苦，使得我心悲傷？

賞析

　　這首作品的主題並不容易理解，有人認為這是一首規勸隱士出仕的詩歌，但其中又有難以解釋之處。

　　先從詩的結構與內容來看，詩的結構大致可以從韻腳的變化來分成八個段落。首先是開頭的四句，韻腳是第一句的「成」及第四句的「縈」；第二小段從第五句到第九句，韻腳是「馳、為、枝、為」。第三段從第十句到第十七句，韻腳是「嘗、涼、良」，而比較奇特的是第十五句的「為」，其實與第二段的韻腳相合。第四段從第十八句到二十三句，韻腳是「視、履、喜」。第五段從第二十四句到第四十三句，韻腳有「昂、霜、央、殃、祥、光、陽、鋼、忘」。第六段從第四十四句到第五十三句，韻腳是「纓、輕、榮、冠、觀」。第七段從第五十四句到第七十一句，韻腳是「堂、涼、倡、商、腸、魴、康、觴、忘、央」。第八段從第七十二句到七十五句，韻腳是「遲、飛、悲」。上面各段的韻腳，只有第六段有換韻的情形，不過大柢來看，押韻仍然較不規律，顯得十分自由與活潑。

　　為什麼要先看韻腳？因為從韻腳的變化可以推論段落結構。而釐清段落結構之後，又有助於了解詩歌的內容。如果以一韻作為一小段，本詩第一段寫的是從春天到秋天，季節的更迭，萬物從長成到零落，使得

人感受到無比的孤獨。第二小段提出兩次的反問「我今隱約欲何爲？」
是在面對四時驅馳、人生忽如飛鳥的感慨之際，自我的省思與追尋。
第三段比較接近及時行樂的主張，而以「適身體所服、恣口腹所嘗」起
筆，強調冬被貂鼲、夏服綺羅，乘堅車策肥馬。第四段說到天地長遠而
人命短淺，引論到恣意遨遊的人生態度。第五段是全詩最長的一段，不
但使用較多的典故、排比句型，內容卻反而不易理解。從「帶我寶劍」
開始，先寫寶劍低昂，又用「悲麗平壯觀」起筆，寫了寶劍的精良，可
以「除凶殃，致福祥」；接著一一舉出各地的寶劍、利器雖美，卻不
如「君劍良綺」，暗示著這一段一開始出現的「我寶劍」才是最「良
綺」。第六段列舉各種高冠之美，卻不如青雲爲冠。第七段寫享受音
樂、美酒、佳人共歡之樂，而歡樂未盡。末段說明歲月飛逝，應及時行
樂，不宜自苦。

　　比較有趣的是：詩中既有「我」又有「君」，如果再加以分析，第
二段有三個「我」，第三段有一個「我」、三個「君」，第四段有兩個
「我」、一個「君」，第五段有一個「我」、一個「君」，第七段有一
個「我」，第八段有一個「我」。從詩歌中「我」、「君」交錯且用法
並不齊整的情形來看，很難斷定「我」指的就是自己、而「君」是指他
人。甚至「我」與「君」很有可能只是作者的自問自答，實際上卻是同
一人。

　　從內容來看，作者在詩的開始寫「人生忽如飛鳥棲枯枝」，結尾又
寫「歲月逝忽若飛」，這是在強調人生的倏忽。對應這種感受，詩的起
始寫「中心獨立一何煢」，指出人生不可避免的孤獨；最末寫的「爲樂
常苦遲」，顯然是爲樂及時的宣告。加上詩句中不斷重複自由自在、不
受拘束的快樂，讓人很難想像這是召喚賢者的作品。而且如果從作者自

問自答的角度來看這首詩，似乎就比較容易釐清兩個「人物」的觀點：一個是一直強調物質、聲色的追求與享受，中間還穿插吹捧另一人的才能，而這部分的確像是規勸隱者出仕；另一個則是心有所主，不受外在虛榮引誘，只求恣意遨遊、及時行樂。

　　全詩的排比手法很多，例如「吳之辟閭，越之步光，楚之龍泉，韓有墨陽，苗山之鋌，羊頭之鋼，知名前代，咸自謂麗且美，曾不知君劍良綺難忘。」前四句以四種名劍排比，五、六句另一排比，七、八句先作一收束，說明這些「利器」的美，到了第九句卻完全推翻這些「利器」之美。又如「冠青雲之崔巍，纖羅為纓，飾以翠翰，既美且輕。表容儀，俯仰垂光榮。宋之章甫，齊之高冠，亦自謂美，蓋何足觀？」只是敘述的順序顛倒過來，先寫崔巍之冠的傑出，再寫章甫、高冠不足觀。這些排比句都寫得生動有趣，十分成功。

　　全詩從三個字一句到八個字一句都有，變化極大，很有古人說的跌宕之美。而從詩中反覆出現的問句，包含三次類似的「今我隱約欲何為？」以及「何不恣意遨遊，從君所喜？」、「今爾何為自低昂？」、「為何自苦，使我心悲？」這幾個疑問句，不但是作者一再思索的問題，也看得出來作者心中的定見，更是製造全詩波瀾四起的重要關鍵。

　　單就這一首詩詩義的複雜與各種技巧運用的純熟，對照《文心雕龍》說曹丕「慮詳而力緩，不競於先逐。」的確是很恰當的評論。

◎ 曹植作品選

送應氏兩首　其一

題解

　　這是曹植寫給應瑒、應璩兩兄弟的詩，第一首寫出對於洛陽荒蕪的感慨。

本文

步登北芒阪[1]，遙望洛陽山[2]。洛陽何寂寞[3]！宮室盡燒焚。垣牆皆頓擗[4]，荊棘上參天[5]。不見舊耆老[6]，但[7]睹新少年。側足無行徑[8]，荒疇不復田[9]。遊子久不歸，不識陌與阡。中野何蕭條[10]，千里無人煙。念我平常居，氣結[11]不能言。

譯文

登上北芒山坡，遙望洛陽四周的山脈。洛陽如今多麼地冷落啊！宮室全部燒燬了。牆壁也都倒塌斷裂，長滿的荊棘叢高聳入天。看不見舊日的耆老，只

1　北芒阪：北芒，北邙山，在洛陽城東北。
2　洛陽山：洛陽四周的群山。
3　寂寞：靜無人聲，指荒涼冷落。
4　頓擗：倒塌崩裂。擗，音闢。
5　參天：高出天際。
6　耆老：耆與老同義，一般指年紀較長、懂得許多舊事的老人。
7　但：只。
8　側足無行徑：側足，置足，插足，指側著身體走路。無行徑，找不到可供行走的小路。
9　荒疇不復田：疇，土地。田，耕種。
10　蕭條：寂寥冷落，草木凋零。
11　氣結：形容心情鬱悶。

看到新一代的少年。側著身體，也找不出可以行走的小路，荒蕪的田地不再有人耕種。遊子很久沒有回鄉了，連阡陌小道也認不得。原野上多麼荒涼，千里不見人煙。想起我平日的住所，心情鬱悶到說不出話。

賞析

　　這是一首送人的詩，卻藉由感慨洛陽的殘破，抒發了自己鬱結的心情。

　　詩分四段，每段四句。首段先寫登高遙望，洛陽的焚壞，盡收眼底。第二段寫垣牆塌裂、荊棘叢生，對比耆老不見、只見少年，令人更增感傷。第三段從側足難行、田疇荒蕪，突顯遊子久別，家鄉已是面目全非。末段從大範圍的原野蕭條無人，拉回遊子的氣結難言之痛。

　　曹操有一首〈薤露行〉，從詠史（傷時）的角度寫出對於洛陽燔喪之痛，而曹植的這一首作品，雖然也是感傷洛陽的焚敗，卻是從「遊子」的感受來表達。曹操畢竟是英雄豪傑，所以寫出來的作品氣魄極大，而曹植卻是文人氣息較為濃厚，表達的角度也相對細緻許多；曹操一則痛心佞臣誤國，而有「沐猴冠帶、知小謀強」之語，二來誅伐權臣竊國，寫出「賊臣持國柄，殺主滅宇京」的憤激之詞。這些用語強烈的詞句，在曹植的這一首詩裡，化作「洛陽寂寞、遊子氣結」，反而多了一些的含蓄。二人的境界、氣魄各有千秋，其實是難分高下。

　　全詩共十六句，除了起始二句與最後二句之外，中間的十二句都是在描寫洛陽的殘破景象，比例很高，也很容易讓讀者印象深刻。這首詩從一開始就寫「步登北芒阪，遙望洛陽山」，與樂府詩〈十五從軍征〉中，「遙望是君家」有些類似。接下來曹植連續寫了宮室、垣牆、荊棘、行徑、荒疇、陌阡、中野、人煙，這些意象的聯結與呈現，充分地點染出洛陽的破敗，比起〈十五從軍征〉的「松柏冢纍纍。兔從狗竇

入，雉從梁上飛。」眞的是不遑多讓。另外，曹植又在這些景象當中，穿插了「不見舊耆老，但睹新少年」，來突顯「物非人亦非」的衝擊。詩的最後，曹植寫出「氣結不能言」，與〈十五從軍征〉的「羹飯一時熟，不知貽阿誰？出門東向望，淚落沾我衣。」一樣的表達了戰火之下、家園毀壞的無奈。

　　詩中的「遊子」與「我」，應該都是指應氏兄弟。而在曹植筆下，又像是在寫自己。這是本詩的另一高明之處，也就是典型的「借他人酒杯，澆自己塊壘」。

送應氏兩首 其二

題解

　　這是曹植寫給應瑒、應璩兩兄弟的第二首詩，內容方面較為著重惜別之情。

本文

清時難屢得，嘉會不可常。天地終無極，人命若朝霜¹。願得展嬿婉²，我友之朔方³。親昵⁴並集送，置酒此河陽⁵。中饋豈獨薄⁶？賓飲不盡觴⁷。愛至望苦深⁸，豈不愧中腸⁹？山川阻且遠，別促會日長¹⁰。願為比翼鳥¹¹，施翮¹²起高翔！

譯文

清平的時代很難常得，美好的盛會並不常有。天地終究是無窮無盡，而人的壽命卻短如晨霜。希望能夠表達我們的和樂歡好，因為我的好友就要前往北方了。親近的友人都相聚歡送，在河的北岸設宴餞行。難道是酒菜不夠豐

1　朝霜：猶朝露，形容生命短促。
2　嬿婉：歡好，和美，指安樂和順。
3　之朔方：之，往。朔方，北方。
4　親昵：非常親密、親近。昵，音ㄋㄧˋ。
5　河陽：河的北邊，古代以山南為陽，水北為陽。
6　中饋豈獨薄：中饋，指餞行的酒食。豈，難道。獨，特。薄，不豐盛。
7　不盡觴：不痛快乾杯。
8　愛至望苦深：至，極致。苦，甚，很。
9　中腸：心中。
10　別促會日長：別促，離別很匆促。會日長，見面的日子還很長久。
11　比翼鳥：翅膀連在一起飛翔的鳥。古人常用來比喻男女的愛情，這裡是指親密的友誼。
12　施翮：施，展。翮，音ㄏㄜˊ，羽毛中間的硬管，指翅膀。

盛？客人為何不盡興乾杯。相愛至深，期望也就特別地深，這難道不會使我心中慚愧？此去山川遠隔，今天倉促的離別，未來會面的日子卻隔很久。願意化身比翼鳥，可以一起展翅高飛。

賞析

　　這是一首送別詩。

　　全詩每四句為一段，分成四個段落。曹植的詩作，一般的說法是起筆極為高明。以本詩而言，第一小段就說出了許多人共同的感慨：清時難得、嘉會不常、天地無極、人命若霜。相信只要是稍微經歷世事滄桑的人，大概都有過這樣的體會。而在這四種情緒的鋪設中，第二段的好友北去、親昵送行，自然顯得特別感傷。也因此，主客雙方都無心飲食，這種感覺就像柳永詞〈雨霖鈴〉中所寫的「都門帳飲無緒」。所以不是主人用來餞行的酒食不好，而是彼此深厚的情誼，難以承受這樣的離別。最後一段感慨山川阻遠、相見困難，願為比翼鳥，一起高翔。

　　在古詩十九首〈西北有高樓〉詩中有「願為雙鴻鵠，奮翅起高飛。」曹丕的〈清河見挽船士新婚與妻別作〉有「願為雙黃鵠，比翼戲清池」的句子，與曹植這裡寫的「願為比翼鳥，施翮起高翔！」意思都很相近，或許也是當時文人創作的「套句」。又如「山川阻且遠，別促會日長」，與〈行行重行行〉中的「道路阻且長，會面安可知」也很類似。這種情形說明了一般人認為古詩十九首經過文人的潤飾，應該是可信度頗高的推論。

　　詩中似乎刻意地使用了幾個「難、不、無」這樣的字，讓全詩沉溺在一種很不平順的情緒之中。清時「難」得、嘉會「不」常、天地「無」極、賓飲「不」盡、豈「不」中愧，這樣的用字，不但強化了離別的感傷，也暗示了人生存在著許多的無奈。這些無奈，是許多人的共

同經驗，也很容易引起讀者的共鳴，這正是本詩的成功之處。其次，曹植又多次運用正／反的詞句，交織成舖天蓋地的愁緒。例如「清時」令人喜愛，但「屢難得」；「嘉會」令人喜悅，但「不可常」；天地「無極」，人命卻如「朝霜」；朋友應該「嬿婉」相聚，好友卻要「之朔方」；中饋必然「豐富」，賓飲卻「不盡觴」；「愛至望深」，卻落得「愧中腸」。可以說，整首詩都在正／反這種相對立、否定的氛圍之中。

　　這是一首蘊含許多巧思的佳作，讀者千萬不可等閒看待。

七　哀

題解

　　這是一首思婦之詞。古代文人常用這種主題的作品，表達懷才不遇的鬱悶心情。篇題則是古代樂府的舊題，沒有特別的意義。

本文

明月照高樓，流光正徘徊[1]。上有愁思婦，悲歎有餘哀。借問歎者誰，言是宕子[2]妻。君行踰[3]十年，孤妾[4]常獨棲。君若清路塵，妾若濁水泥。浮沉各異勢[5]，會合何時諧[6]？願爲西南風，長逝[7]入君懷！君懷良[8]不開，賤妾當何依？

譯文

明月照在高樓上，月光如水，在地面流動。樓上有一個憂愁的思婦，悲傷歎息不能自已。請問悲歎的人是誰呢？說是蕩子的妻子。夫君離家遠行超過十年了，我總是孤單地守著空閨。夫君好比路上的清塵，我好比水中的濁泥。一浮一沉，地位各有不同，何時才能會合在一起？我願意化作西南風，永遠投入夫君的懷抱。夫君的襟懷果真不願打開，我又應當依靠誰呢？

1　徘徊：流動照射。
2　宕子：即蕩子，遊子。
3　踰：超過。
4　孤妾：思婦的自稱。
5　異勢：不同的地位。
6　諧：和，指達成心願。
7　逝：往，去。
8　良：誠，確實。

賞析

　　這一首是曹植相當令人喜愛的作品之一。

　　本詩分爲四段，每段四句，一韻到底，結構上比較齊整。在主題方面，雖然是漢魏以來頗爲常見的「思婦」作品，也難免會出現一些古詩十九首中的類似句子，例如「悲歎有餘哀」與〈西北有高樓〉的「慷慨有餘哀」，或是「君懷良不開，賤妾當何依？」與〈冉冉孤生竹〉的「君亮執高節，賤妾亦何爲！」相似，除此之外，仍有一些巧思，卻是曹植的獨具匠心。

　　詩的前四句，借著一個好奇的第三者的口吻提出問題：是誰在深夜裡獨自歎息？在這一小段裡，其實隱藏了兩個頗有深意之處，第一是這個第三者爲什麼深夜不睡？顯然他自己也是心裡有事、睡不著覺、出外徘徊的人吧！第二，這個第三者又可以想像成是「照高樓」的「明月」，在「流光徘徊」的時候，看到人間那個可憐的人兒，不免心生疑惑，才會好奇地問她。從詩中的場景來推論，能夠「看」到「愁思婦」的角度，反而是第二種情形較有可能。這種擬人法的高超技巧，眞是令人讚嘆不已！

　　第二小段先是一問一答，第七句之後全是思婦的喁喁獨語，原來思婦已經度過了漫長的十年，丈夫長年不歸，令人神傷。接下來曹植用了兩個比喻表達思婦的心情，一是「濁水泥」，二是「西南風」。「濁水泥」是現況，只能沉滯在下，十分切合思婦卑微的地位；而「西南風」雖然「清靈」許多，似乎滿懷希望，可以飛入夫君的懷抱之中。不料最後一樣被拒，因爲「君懷不開」，思婦也莫可奈何。

　　這首詩不但突顯出古代男女地位的差異，同時暗喻了曹丕與曹植在政治權位的「浮沉」（高低）。而曹丕的「君懷不開」，正是曹植「悲歎有餘哀」、最無奈之處。

雜詩六首　其一

題解

　　這是一首懷人的詩，一般推測詩中懷念的人，可能是曹植的異母弟曹彪。

本文

高臺多悲風[1]，朝日照北林。之子[2]在萬里，江湖迥[3]且深。方舟安可極[4]，離思故難任[5]。孤雁飛南遊，過庭長哀吟。翹思慕遠人[6]，願欲託遺音[7]。形景[8]忽不見，翩翩[9]傷我心。

譯文

高臺上經常吹著悲涼的風，清晨的太陽照著北林。思念的人在萬里之外，江湖阻隔又遠又深。方舟怎能到達，離別的愁思本來就令人難受。離群的孤雁向著南方飛去，飛過庭院上空悲哀地鳴叫著。心裡頭寄掛、思念著遠方的人，希望託它送個音信。孤雁的身形影子一下子就不見了，它飛得那麼快，使我傷心。

1　悲風：悲涼的風。
2　之子：那個人，指詩人懷念的人。
3　迥：遠，音ㄐㄩㄥˇ。
4　方舟安可極：方舟，兩船相并。安，如何。極，到達。
5　任：承受。
6　翹思慕遠人：翹，懸；翹思等於是懸念的意思。慕，思念。遠人，遠方的人。
7　遺音：遺，送。音，信。
8　景：影。
9　翩翩：飛得很快。

賞析

這是一首充滿思念的詩作。

詩的結構上，分成二、四、四、二句。首二句頗有《詩經》比興的手法，尤其是《詩經・秦風・晨風》詩裡，就有這樣的句子：「鴥彼晨風，鬱彼北林，未見君子，憂心欽欽，如何如何，忘我實多。」其中的「未見君子，憂心欽欽」顯然正是曹植想要表達的意思。其次，高臺頗有「高處不勝寒」的感覺，加上「悲風」又「多」，平添詩人的愁苦。第二句的「朝日」本來可以帶給詩人溫暖，但是身處北林，又是苦寒之地，使得朝日也驅趕不走心中的寂寥。在第二小段中，寫出事件，說明兩人距離遙遠，令人神傷。第三小節先寫看見孤雁南飛，巧妙點出時令是秋天，令他更加思念遠方的人，而興起託雁寄信的念頭。但是實際的情形既不可能，只好在最後的兩句，說是孤雁一下子看不見，讓他的希望落空，也讓他倍感惆悵。

這一首描寫離別的詩，乍看之下，並不覺得特別出色。一般強調離別之苦，免不了相隔「萬里」、會面無期，這首詩另外用了託雁寄信卻又落空的內容。其實，曹植在這一首詩裡，不但很自然地借用《詩經》的涵義，使得全詩具有一種深邃的憂鬱，接著更善用景（高臺、北林、萬里、江湖）、物（方舟、孤雁、形景）來舖陳自己不匱的情思。

仔細咀嚼詩中的憂鬱，至少可以從兩個層面來看：第一，一般人如果是貴為皇族，擁有各種的特權，就算是呼風喚雨都不困難，想要見面，又有何困難？可是曹植想要與曹彪見個面，都說是「方舟安可極」？這樣的離思，當然令他難以承受。第二層，兄弟至親，卻由於政治上的利益衝突，而被刻意分隔兩地，恐怕連見個面，都有人在一旁監視；想寫個信，更會引起不必要的猜忌。這才是曹植所說「欲託遺音」，卻落得「形景不見」而獨自「傷心」。

這其中隱喻的傷痛，千年以下，幾人能懂？

雜詩六首　其二

題解

這是一首以轉蓬、遊子自喻，感嘆自己的遷徙不定、生活困乏。

本文

轉蓬[1]離本根，飄颻隨長風。何意迴飆[2]舉，吹我入雲中。高高上無極，天路安可窮[3]？類此遊客子，捐軀遠從戎[4]。毛褐不掩形[5]，薇藿常不充[6]。去去莫復道，沉憂[7]令人老。

譯文

蓬草拔離了本根，隨著長風到處飄揚。沒有想到旋風大作，把我吹入白雲之中。越來越高沒有盡頭，天路哪裡能夠窮盡呢？就像這個遊子，捐軀從軍，遠行在外。粗毛布衣無法遮蔽身體，野菜豆葉常常難以填飽饑腸。唉呀！拋開這些不要再談了，太過憂傷令人衰老。

賞析

這首詩的結構，應是六、四、二句。

---

1 轉蓬：秋天時，隨風飄轉的乾枯蓬草，後比喻身世飄零。
2 迴飆：旋風。
3 窮：盡。
4 從戎：從軍。
5 毛褐不掩形：毛褐，獸毛或粗麻製成的短衣。不掩形：無法遮蔽身體。
6 薇藿常不充：薇，植物名，嫩莖和葉可做蔬菜。藿，豆類植物的葉子。薇藿是指貧苦人用以充饑的食物。充，充足，充饑。
7 沉憂：深憂。

　　第一小段先以「轉蓬」自我比喻：轉蓬一旦離根，就不由自主隨風而逝，甚至是飛到無窮極的天上。這是一個很強烈的對比，蓬草應該也必須著土，離了根，不就是一撮枯草罷了？更何況是身不由己、離地面愈來愈遠，而不知最後隨風長逝會落在何處？

　　第二小段從轉蓬到遊子，說明遊子與轉蓬相似，一樣遠離本根、一樣形毀神銷。說來可悲，貴為「陳王」，竟落得衣不蔽體、食難飽足，這種境遇，令他情何以堪？所以在第三小段他不得不自我解脫，告訴自己不要再說這些不如意的事了，過度的憂愁只會加速人的老化。

　　這首詩的前十句，兩句一韻，韻腳是「風、中、窮、戎、充」，到了末二句卻換韻，並且是第十一、十二句押韻，韻腳是「道、老」。感覺上，韻腳先輕後重，顯然第十一句的「莫復道」，只是掩人耳目，實際上心中的「沉憂」，不但「令人老」，也令人「憤恨」難消。只是在現實的考量上，不斷表達自己的憤恨時，一旦刺激了主政者，不是讓自己的處境更加艱難，就是直接遭致殺身之禍吧！古詩十九首的〈行行重行行〉有「思君令人老」的悲傷，也有「棄捐勿復道，努力加餐飯」的期許，比起曹植這首詩的「去去莫復道」、「沉憂令人老」，顯然曹植的憂、苦，更加強烈、更加濃厚。

　　如果再從曹植的「陳王」身份，對照「轉蓬」、「遊子」、「毛褐」、「薇藿」這幾個語詞背後的意涵，就可以很清楚了解詩作中隱藏的憤激之情了。

雜詩六首　其四

題解

　　這是一首詩借言佳人不為時所重，抒發自己懷才不遇的悲哀。

本文

南國有佳人，容華若桃李。朝遊江北岸，夕宿瀟湘
沚[1]。時俗薄朱顏[2]，誰為發皓齒[3]？俛仰歲將暮[4]，榮耀
難久恃[5]。

譯文

南方有個美人，容貌有如桃李盛開。她早上到江北岸邊遊玩，晚上住在瀟湘
的小洲上。時俗輕視美色，又敢為誰放聲唱歌呢？俯仰之間年華即將遲暮，
美好的容顏很難長久依賴。

賞析

　　這是一首小詩，只有八句，以四句、四句分成兩小段。

　　第一小段寫南國佳人的美貌如桃李，以及她朝遊夕宿的行蹤。第二
小段文意翻轉為佳人不受肯定，無法避免「美人遲暮」的結局。前面寫
佳人的遊宿，顯得飄逸出塵，後面卻是「俗薄、歲暮、榮耀不再」，這

1　瀟湘沚：瀟湘，瀟水和湘水。沚，水中的沙洲。
2　薄朱顏：薄，輕視。朱顏，原義為紅潤美好的容顏，這裡指美色、美女。
3　誰為發皓齒：誰為，為誰的倒裝。發，開啟。皓齒，潔白的牙齒。發皓齒，指開口唱歌。
4　俛仰歲將暮：俛，同俯。俛仰，低頭、抬頭，指很短的時間。暮，晚。歲將暮，指年歲即將老
　去。
5　榮耀難久恃：榮耀，像花一般鮮艷的容貌。恃，依賴。

種前後翻轉的手法，在古詩十九首的〈青青河畔草〉就出現過，由於前後對比強烈，令人感受特別的震撼。

　　詩中的「南國」、「佳人」、「瀟湘」，應該都是從屈原的《楚辭》而來。像是屈原的〈九歌·湘夫人〉有「聞佳人兮召予」的句子，而〈離騷〉又有以下的這兩句：「汩余若將不及兮，恐年歲之不吾與。」以及「惟草木之零落兮，恐美人之遲暮。」簡單來說，中國古代的詩人很喜歡以「美人」、「佳人」自我比喻；畢竟一位美人希望獲得肯定、寵愛，就如同一身才華的士子，期待國君賞識、重用。其實佳人的美，往往反而為自己帶來困擾；畢竟如果一個人不美，或不自覺美，或許就不會期許自己的人生應該有所不同。

　　對於曹植而言，最大的苦痛是：來自手足至親又是政治上的君王——曹丕的猜疑。後人可以想見的是，曹植愈是對曹丕輸誠，曹丕只會加倍地疏遠與迫害，甚至還會牽連其他的弟弟。從這一點來看，曹植如果沒有什麼能力，或者是對於政治上的「立功」完全不要有什麼使命感，那麼兄弟、君臣之間反而可以相處融洽。可惜曹植不但自覺能力好，有如佳人「容華似桃李」，更加無法忘懷他寫給楊德祖的信中所說的：「戮力上國，流惠下民，建永世之業，流金石之功。」所以才會一再地求君重用，又一再地遭受無情的打擊，而這應該也是古代中國文人的宿命吧！

　　詩的起首，用桃李容華形容美人的青春，結尾則寫「榮耀難久恃」，首尾相應，也看得出曹植寫作技巧的高超。

贈白馬王彪（并序）

這是曹植的名作之一。寫作背景及動機，可參考詩「序」。

本文

黃初四年五月，白馬王、任城王與余俱朝京師，會節氣[1]。到洛陽，任城王薨。至七月，與白馬王還國。後有司[2]以二王歸藩，道路宜異宿止[3]。意每恨之。蓋以大別在數日，是用[4]自剖，與王辭焉，憤而成篇。

謁帝承明廬[5]，逝將返舊疆[6]。清晨發皇邑[7]，日夕過首陽[8]。伊洛[9]廣且深，欲濟川無梁[10]。汎舟越洪濤，怨彼東路[11]長。顧瞻戀城闕[12]，引領情內傷。太谷何寥廓[13]，

1　會節氣：舉行迎節氣之禮。魏制，每年立春、立夏、立秋、立冬四節氣前，各諸侯藩王要到京師舉行迎節氣之禮。
2　有司：官員。
3　異宿止：住宿、停留要不同，也就是刻意分開曹植與曹彪的聯繫。
4　用：以。
5　承明廬：魏文帝在「建始殿」朝見群臣，殿門稱為「承明」，後來朝臣止息之處也稱作承明廬。
6　逝將返舊疆：逝，語助詞。沒有實質的意義，通常只是為了調整音節。將返舊疆，即將返回原本的封地。
7　皇邑：京城，這裡是指洛陽。
8　首陽：首陽山，《論語》中孔子曾經稱讚伯夷、叔齊在殷朝滅亡之後，恥食周粟，寧可餓死在首陽山。
9　伊洛：伊水、洛水。
10　欲濟川無梁：濟，渡河。梁，橋樑。
11　東路：通往東方的道路，即返回封地的路途。
12　顧瞻戀城闕：顧瞻，顧是回顧、回頭，瞻是遠望。戀城闕，城闕指首都洛陽，戀城闕主要是指不想離開京城，外放回去封地。
13　寥廓：空曠深遠。

山樹鬱蒼蒼。霖雨泥我塗[14]，流潦浩縱橫[15]。中逵絕無軌[16]，改轍[17]登高岡。修坂造雲日[18]，我馬玄以黃[19]。玄黃猶能進，我思鬱以紆[20]。鬱紆將何念？親愛在離居。本圖[21]相與偕，中更不克俱[22]。鴟梟鳴衡軛[23]，豺狼當路衢[24]。蒼蠅間白黑[25]，讒巧[26]令親疏。欲還絕無蹊[27]，攬轡止踟躕[28]。踟躕亦何留？相思無終極。秋風發微涼，寒蟬鳴我側。原野何蕭條，白日忽西匿[29]。歸鳥赴喬林，翩翩厲[30]羽翼。孤獸走索[31]群，銜草不遑[32]食。感物傷我懷，撫心長太息[33]。太息將何為？天命與我違。奈何念同生[34]，一往形不歸[35]。孤魂翔故域[36]，靈柩寄京師。存

---

14 霖雨泥我塗：霖雨，連綿大雨。泥，作動詞，阻塞、阻滯。塗，同途，路途。
15 流潦浩縱橫：潦，路上的流水、積水。縱橫，交錯，指雨水到處溢流。
16 中逵絕無軌：中逵，中途。絕，斷。無軌，沒有車跡。
17 改轍：轍，原來是指車子行走留下的痕跡，這裡的改轍是指改道。
18 修坂造雲日：修，長。坂，山坡、斜坡。造，到。造雲日，形容山坡很高，幾乎可以到達雲日。
19 玄以黃：玄以黃，即玄黃，馬生病的樣子。以是連接詞，無義。
20 鬱以紆：鬱悶縈迴。
21 圖：謀，計畫。
22 中更不克俱：更，改變。克，能夠。
23 鴟梟鳴衡軛：鴟梟，也寫作鴟鴞，俗稱貓頭鷹，古代的詩詞中，常用來比喻貪惡的小人。衡，車轅前的橫木。軛，架在馬頸上用來拉車的曲木。
24 衢：大路。
25 蒼蠅間白黑：蒼蠅，《詩經‧小雅‧青蠅》詩有「營營青蠅，止於樊」的句子，後代一般就用蒼蠅比喻顛倒黑白、變亂善惡的小人。間，離間。
26 讒巧：讒言巧語。
27 蹊：小路，又泛指道路。
28 攬轡止踟躕：攬轡，挽住馬韁。踟躕，徘徊不進。
29 匿：隱藏。
30 厲：同勵，振奮。
31 索：求。
32 遑：空閒、閒暇。
33 太息：大聲長嘆，深深地嘆息。
34 同生：兄弟，指任城王曹彰。
35 形不歸：指死亡。
36 故域：原來的封地。

者忽復過，亡沒身自衰³⁷。人生處一世，去若朝露晞³⁸。年在桑榆間³⁹，影響⁴⁰不能追。自顧非金石，咄唶⁴¹令心悲。心悲動我神，棄置莫復陳⁴²。丈夫志四海，萬里猶比鄰⁴³。恩愛苟不虧⁴⁴，在遠分⁴⁵日親。何必同衾幬⁴⁶，然後展慇懃⁴⁷？憂思成疾疢⁴⁸，無乃兒女仁⁴⁹。倉卒⁵⁰骨肉情，能不懷苦辛！苦辛何慮思？天命信⁵¹可疑。虛無求列仙，松子久吾欺⁵²。變故在斯須⁵³，百年誰能持⁵⁴？離別永無會，執手將何時？王其⁵⁵愛玉體，俱享黃髮⁵⁶期。收淚即⁵⁷長路，援筆從此辭。

譯文

黃初四年的五月，白馬王曹彪、任城王曹彰與我一起到京城朝見國君、會節

---

37 亡沒身自衰：「身自衰亡沒」的倒裝。
38 晞：乾。
39 桑榆間：日落時，陽光照在桑榆樹端，此處用來形容晚年、垂老之年。
40 影響：影子和回聲，通常用來形容感應迅捷。
41 咄唶：同咄嗟，呼吸之間。形容時間的短暫、迅速。
42 陳：述說。
43 比鄰：近鄰。
44 苟不虧：苟，如果。虧，欠缺，短少。
45 分：情分。
46 衾幬：衾，被子。幬，單層的帳子。
47 展慇懃：展，施展、發揮。慇懃，情意懇切。
48 疢：疾病，讀如彳ㄣˋ。
49 無乃兒女仁：無乃，表示委婉反問，不是，豈不是。仁，愛。
50 倉促：匆促。
51 信：實在、真的。
52 久吾欺：久欺吾的倒裝。
53 斯須：一會兒的功夫，片刻。
54 持：掌握、控制。
55 其：表示祈使，應當、可以的意思。
56 黃髮：指老人。老人髮白，白久則黃。
57 即：就，走上。

氣。到了洛陽，任城王突然去世。七月時，我與白馬王要返回封地。後來監國使者認為二王返回封地，沿路應該不同宿不同行。我心裡常感憤恨。由於幾天之內就要久別，於是以此自我表白，與王告辭，憤慨地寫成這首詩。

在承明盧朝見了皇帝，將要返回原來的封地。清晨從洛陽出發，傍晚經過首陽山。伊水和洛水又寬又深，想要渡河卻沒有橋梁。乘船越過洶湧的波濤，恨那東歸的路途這麼漫長。回頭遠望，心裡眷戀著都城，延頸向前看，心情萬分地悲傷。太谷多麼地空曠深遠，山上的樹木鬱鬱蒼蒼。連綿的大雨，阻塞了路途，洪水泛濫，到處溢流。道路中斷，找不到車跡，只能改道，登上高岡。長長的坂道高達雲天，我的馬兒累得病倒了。馬雖生病，還能行進，我心卻是鬱悶縈迴。鬱悶縈迴著什麼念頭呢？親愛的兄弟就要分離。本來想要結伴偕行，但中途改變，不能同路回去。鴟梟在車前衡軛間鳴叫，豺狼擋在道路上。蒼蠅顛倒黑白，讒言巧語使得兄弟疏遠。想要回去卻無路可走，手拿轡繩徘徊不前。徘徊不前又有什麼可留戀？相思可是沒有極限。秋風帶來了微微的涼意，寒蟬在我的身傍鳴叫著。原野多麼地寂寥冷落，太陽一下子就已經西沉。歸鳥飛向高高的樹林，迅疾地拍動著翅膀。失群的野獸尋找著同伴，口銜青草也無暇吞吃。看到這些景物，令我感傷，忍不住手撫胸膛、深深嘆息。嘆息又有什麼用呢？命運總是與我相違背。無奈地想到同胞骨肉，就這麼一去永不歸？他的孤魂已經飛回舊的封地，靈柩則暫時寄放在京師。活著的人身體從衰老到亡沒，一下子就又過世了。人活在世上，離開時有如早晨的露水，太陽一出就乾掉。我的年華已老就像太陽西沉，即使是影子及聲響都追不到。自念並非金石般堅固，時光短促令人心悲。心中傷悲牽動著我的精神，還是棄置一旁，別再說了。大丈夫立志四海，即使相隔萬里，也像是近鄰一般。友愛之情如果不欠缺，身在遠地情分反而日加親近。何必要同床共被，才能展現深情？因為憂愁思念，得了疾病，豈不是成了小兒女般的愛。只是匆促之間就要離別，骨肉親情，怎能不滿懷痛苦和辛酸！

痛苦辛酸還在思慮什麼？天命實在令人懷疑。追求虛無不可信的神仙，結果是赤松子早就欺騙我了。變故頃刻之間就會發生，誰有把握長命百歲？這次離別再也無法相會，什麼時候能夠再牽著彼此的手呢？希望你保重身體，一起同享高壽。收起眼淚，踏上漫長的歸路，提起筆寫下這首詩，從此拜別了。

賞析

　　這是曹植極爲有名的長篇鉅著。

　　詩的結構，舊分七章，從押韻的韻部來分，正好符合這七章的段落。第一段寫會節氣後，返回封地的路上，心中的鬱憤與眷戀。第二段寫中途遇雨，洪水氾濫，無路可走，改道登高，人疲馬困。第三段寫兄弟離居令人心傷，小人搬弄是非，離間親情。第四段寫秋野蕭條，令自己觸景傷情。第五段悲悼任城王身亡，而倍增生命短如朝露的感慨。第六段先是自我安慰，恩愛不虧則相距雖遠而情分更親。只是想到兄弟之情那麼倉促，不免痛苦心酸。第七段寫求仙不可信，變故頃刻發生，離別再難相會，期許相互珍重，收淚辭別。

　　這一首詩歷來的評價極高，單就曹植在詩中使用的種種意象，以及修辭上的諸多技巧，加上個人經歷的百般苦辛，的確將全首詩的感情寫得濃郁無比。先從種種意象說起，在詩中，從第二段開始陸續出現了寥廓的太谷、蒼鬱的山樹、霖雨、流潦、高遠的坂道，第四段又有微涼的秋風、側鳴的寒蟬、蕭條的原野、西匿的白日、喬林的歸鳥、索群的孤獸，這些意象適切地反映了秋日惜別的感傷，特別是在經歷曹彰的「死別」，又必須承受與曹彪的「生離」時，這些情境的渲染，的確令人讚嘆。

　　再談詩的修辭技巧。在第二段末句與第三段首句、第三段末句與第

四段首句、第四段末句與第五段首句、第五段末句與第六段首句、第六段末句與第七段首句，曹植一共使用了六次的「頂眞」，也使得全詩在結構方面顯得綿密無比。仔細探究頂眞的出現，不只是在「前句結束、後句起始」這樣的刻板公式呈現，更值得注意的還有頂眞的前後句，常是一正一反（或一反一正）相對立的意思。例如第二段寫「我馬玄以黃」，是說自己的馬病了，而讀者或許會猜想（甚至爲他擔憂），馬不能走了，那怎麼辦？但下一句的「玄黃猶能進」，卻完全推翻上一句的意思，變成馬雖然病了，還能夠行進。再如第四段的末句是「撫心長太息」，寫自己陷入極大的傷悲之中，只能撫著胸膛深深地歎息。先給讀者一個印象：這是詩人唯一能做的事，就讓他好好地抒發情緒吧！結果在下一段的起始句，曹植卻寫「太息將何爲？」又變成否定「太息」的功用。這樣一正一反的頂眞手法，很能興起波瀾，讓文義流動高低擺盪，效果驚人。附帶一提的是，這種前段末句與後段首句相同的寫法，是仿效《詩經・大雅・文王》及《詩經・大雅・既醉》而來。

　　全詩第一、二段同韻（疆、陽、梁、長、傷；蒼、橫、岡、黃），第三段一韻（紆、居、俱、衢、疏、躕），第四段換入聲韻（極、側、匿、翼、食、息），第五段一韻（爲、違、歸、師、衰、晞、追、悲），第六段一韻（神、陳、鄰、親、懃、仁、辛），第七與第五段同韻（疑、欺、持、時、期、辭）。整首詩只有第四段、第五段的第一句與該段的偶數句有押韻，其餘大多兩句一韻。至於第四段用入聲韻，隱隱約約像是累積了許多的「感物傷懷」，卻無處噴發，借此來吐露自己的鬱悶之氣。

　　在思想的表現方面，曹植用了兩個《詩經》的典故，使得作品的文思既典雅又有深度。第一個是《詩經・周南・卷耳》的「陟彼高岡，我

馬玄黃」，第二個是《詩經‧小雅‧青蠅》的「營營青蠅，止於樊」。
三曹父子對於《詩經》都有一定的熟稔，因此會在詩作中很自然的引
用，其實並不令人意外。在曹操的〈短歌行〉中，就連用了「青青子
衿，悠悠我心」以及「呦呦鹿鳴，食野之苹。我有嘉賓，鼓瑟吹笙」
兩個段落。而曹丕也在〈秋胡行‧其二〉及〈善哉行‧其二〉這兩首詩
裡，使用了《詩經‧鄭風‧野有蔓草》的句子：「有美一人，婉如清
揚。」在〈煌煌京洛行〉一開始，則有「夭夭園桃」的詩句，是從《詩
經‧周南‧桃夭》詩衍化而成。

　　曹植在這首詩裡，透過不斷的對自己與白馬王彪的慰勉，卻又無可
奈何地陷入生離死別的絕望之中，令人寄予無限的同情！

白馬篇

題解

作者借著描寫遊俠，抒發自己願意為國捐軀的胸懷。

本文

白馬飾金羈[1]，連翩[2]西北馳。借問誰家子，幽并[3]遊俠兒。少小去鄉邑，揚聲沙漠垂[4]。宿昔秉[5]良弓，楛矢何參差[6]。控弦破左的[7]，右發摧月支[8]。仰手接飛猱[9]，俯身散馬蹄[10]。狡捷[11]過猴猿，勇剽若豹螭[12]。邊城多警急，虜騎數[13]遷移。羽檄[14]從北來，厲馬[15]登高隄[16]。長驅蹈[17]匈奴，左顧凌[18]鮮卑。棄身鋒刃端，性命安可懷[19]？

1　羈：馬籠頭。
2　連翩：連續不斷。
3　幽并：幽州、并州。古代幽、并二州多豪俠之士，故言。
4　垂：通「陲」，邊疆、邊境。
5　宿昔秉：宿昔，經常。秉，持，拿。
6　楛矢何參差：楛矢，用楛木做箭杆的箭。參差，交錯不齊的樣子。何參差，應該是指遊俠射箭交錯不齊的英姿，舊說參差指箭不齊，如此則與下二句無法聯貫，恐非。
7　控弦破左的：控弦，拉弓。左的，左邊的目標。
8　右發摧月支：發，發射。摧，射裂。月支，射帖名。一種箭靶。又名素支。
9　仰手接飛猱：仰手，舉起手。接，迎面而射。猱，猿屬，身體便捷，善攀援。又名「狨」或「獼猴」。
10　散馬蹄：散，射碎。馬蹄，箭靶。
11　狡捷：靈巧快速。
12　勇剽若豹螭：剽，勇猛。螭，古代傳說中一種沒有角的龍。
13　數：屢次。
14　羽檄：古代軍事文書，插鳥羽以示緊急，必須迅速傳遞。
15　厲馬：策馬。
16　隄：防禦的工事。
17　蹈：踐踏。
18　凌：凌駕、壓制。
19　懷：顧惜。

父母且不顧，何言子與妻？名編壯士籍[20]，不得中[21]顧私。捐軀赴國難，視死忽如歸！

譯文

白馬套上金色的馬籠頭，迅疾不停地向西北方奔馳。請問這是誰家的孩子？是幽幷地方的遊俠少年。他從小就離開家鄉，揚名在沙漠邊塞地區。他經常手執良弓，不斷射出的箭交錯不一。拉弓射破左方的目標，又向右射裂了箭靶。舉手迎面抓住敏捷的猿猴，彎腰射碎馬蹄靶。靈巧敏捷超過了猿猴，勇武威猛如同豹螭。邊塞常有緊急的軍情，胡人的騎兵屢次地來侵擾。告急的文書從北面傳來，遊俠少年立刻策馬登上防禦工事。長驅直搗匈奴的軍營，回頭又壓制了鮮卑人。置身在刀槍劍刃之前，怎能顧惜自己的性命？生身的父母尚且顧不了，還用說自己的兒女和妻子？名字已編在壯士的名冊上，就不能一直想著個人的私事。獻身奔赴國家的危難，看待死亡如同一下子就歸去！

賞析

這一首詩共二十八句，句式是六、八、八、六句，分成四段。

第一段一開始就直接寫出幽、幷遊俠的馬上英姿，而且少小就揚名異域，這樣的出場，一點都不含糊，甚至令人心嚮往之。第二段寫少年遊俠高超的射箭技巧及狡捷、勇猛的身手。第三段則寫邊城有警，而少年遊俠奮不顧身、上場殺敵。第四段寫遊俠捐軀報國、視死如歸的胸懷。

全詩的內容，顯然經過精心的安排，因此在第一段裡，就用一種很

20 籍：名冊。
21 中：心裡。

動態的寫法，描寫這位少年遊俠在滾滾黃沙中連翩奔馳的英姿，而且是少小離家、揚名異域。這樣的出場，又有誰敢輕視他呢？到了第二段，幾乎全部在寫少年遊俠的射箭技巧，特別是將他上下左右、百發百中的英姿，寫得栩栩如生，令人有如親眼看見這位少年非凡的神技。第三段描寫少年的勇猛，那種一往無前的氣勢，可以想見敵人看了能不膽寒？而這種勇氣正是戰場上攻無不克的保證。「蹈匈奴、凌鮮卑」，也是必然的結果。

在寫了許多少年遊俠的驚人武藝之後，到了第四段，曹植集中全力，寫著少年的襟懷。畢竟除了外在的慓猛之外，胸懷氣度更是撐起皮肉的骨幹。所以曹植強調了少年的為公忘私，父母尚且不顧，妻兒更不在考量之中。他一心只想在壯士的籍冊裡留名，為國獻身。

這首詩固然技巧極佳，但是如果比較三曹父子在詩作中展現的企圖心，曹操因為具有軍旅的經驗，在蒼涼之中，又有一定的王者之氣。像是〈苦寒行〉中，除了軍旅的艱苦著墨極多，也有悲憫兵卒的詩句。而像是曹丕的詩作中，〈秋胡行〉有「堯任舜禹，當復何為……明德通靈，降福自天。」；〈黎陽作詩〉有「在昔周武，爰暨公旦，載主而征，救民塗炭。彼此一時，唯天所讚。我獨何人，能不靖亂？」從這兩個例子來看，曹丕在政治上的使命感，還是儒家傳統的仁德之政。這兩人的氣度廣大而平正，曹植則難免有些個人英雄主義的傾向。這並非有意貶低曹植詩作的價值，只是包含曹植寫的〈薤露行〉，過度的渲染個人的英雄主義，難免讓人感受到其中懷才不遇與紙上談兵的憤激之情。

對一位戰士而言，他的舞台就在戰場上！只是曹植的舞台又在哪裡呢？

薤露行

　　這是一首感慨人生短暫，希望輸力明君或者著書立說，流芳後世的詩。

本文

天地無窮極，陰陽轉相因[1]。人居一世間，忽若風吹塵。願得展功勤[2]，輸力[3]於明君。懷此王佐才[4]，慷慨獨不群。鱗介尊神龍[5]，走獸宗麒麟[6]。蟲獸猶知德，何況於士人！孔子刪《詩》《書》，王業燦[7]已分。騁我逕寸翰[8]，流藻[9]垂華芬。

譯文

天地無窮無盡，陰陽轉變相互交替。人活在世間，生命倏忽有如風吹塵土。希望能夠有所施展、建立功勳，為賢明的君王效力。懷抱著這種輔佐王者的才能，心中慷慨激昂，自覺超然出群。水族尊奉神龍，走獸崇敬麒麟。蟲魚鳥獸尚且知道尊崇之德，何況是讀書明理的人！孔子刪定《詩經》和《尚書》，帝王的大業就此燦然分列。盡情揮灑我的大筆，讓我的文章垂芳後

1　因：交替。
2　功勤：功勞。
3　輸力：效力。
4　王佐才：輔佐帝王創業治國的才能。
5　鱗介尊神龍：鱗介，泛指有鱗和介甲的水生動物。龍，鱗蟲之長。
6　麒麟：古代傳說中的動物，形狀像鹿，頭上有角，全身有鱗甲，尾像牛尾。古人以為仁獸、瑞獸，象徵祥瑞。
7　燦：明白。
8　騁我逕寸翰：騁，施展、發揮。逕，同徑，徑寸，直徑一寸。翰，筆毫。逕寸翰指大筆。
9　藻：文辭、文采。

代。

這一首詩歌有十六句，並以四句作爲一段，共四段。

詩的第一段，先寫天地無窮而人生短暫，有如被風吹起的塵土。第二段寫自己懷抱良才，表達效力明君的心願。第三段以鱗介、走獸作比喻，說明自己的臣服之心。末段以孔子的述作大業自勉，希望自己的文章流芳後世。這樣的四段結構，頗有「起、承、轉、合」的嚴謹：人生短暫是「起」，在人生短暫的自覺下，應該「展功勤」、有所作爲，這是「承」；蟲獸知德、崇德，士人也該如此，這是文義的「轉」；最後以文章流芳總結，這是「合」。

在古詩十九首中，因爲生命短暫而立志及早建立功業的作品，例如〈今日良宴會〉中，直接陳述「人生寄一世，奄忽若飇塵；何不策高足，先據要路津？」而曹植這首詩作，與上面詩句的內容十分相近，但又有些許不同。其實主要的不同點是，古詩十九首的作者是一般的文人，寫出來的內容涵攝性較高。曹植作品中，個人的獨特性則十分明顯，很容易與他的實際生活經驗連結。這並不代表孰優孰劣，純粹只是作者的身份、經歷不同，作品的深度、廣度也跟著有所不同。

曹植在本詩中，再一次表現了強烈的自信，因此出現了「王佐才、獨不群」的句子，卻不免有點自矜自伐的味道。最後又用孔子刪定《詩經》、《尚書》自我期許，就更看得出曹植過於抬高自己的傾向。就算中段寫了「鱗介尊神龍，走獸宗麒麟」，難免讓人懷疑「神龍、麒麟」比喻的對象是曹丕還是自己？平心而論，曹植不斷地強調自己的智慧、才能，又一再抒發個人憤懣不得志的詩作，這樣的作法，等於是間接控訴當政者的不仁、不智。但他不知是有意還是無意，一直忽視這個問

題。如果以現代社會的一般情形而論,他不但是一廂情願,恐怕還有過於自我膨脹,以及誣衊主管等等的情形。

　　平實而論,站在曹丕的立場,曹植是自己的弟弟,而曹植又是曹叡的叔父,如果只是單純的親屬關係,或許就不會有那麼多的猜忌。可惜的是,曹植一直表現出來自己的能力很強,對於政治也有高度的企圖心,這樣的情況,自然會讓曹丕、曹叡父子加倍的防範曹植。畢竟中國歷史上,兄弟、父子爭位並不少見。從這一點來看,曹植並未落到被害身亡的地步,似乎不應過度苛責曹丕父子對曹植的無情了。

　　在我們肯定曹植的文才,並且為他遭受的迫害寄予無限同情的時候,也要以他的例子作為借鏡。

遠遊篇

題解

　　本詩是仿屈原楚辭〈遠遊〉所作的遊仙詩，其中的出塵之想，仍有政治現實的投射。

本文

　　遠遊臨四海，俯仰觀洪波。大魚若曲陵，乘浪相經過。靈鼇戴方丈¹，神嶽儼嵯峨²。仙人翔其隅³，玉女戲其阿⁴。瓊蕊可療饑⁵，仰首吸朝霞。崑崙本吾宅，中州⁶非我家。將歸謁東父⁷，一舉超流沙⁸。鼓翼舞時風⁹，長嘯激清歌。金石固易弊¹⁰，日月同光華¹¹。齊年與天地，萬乘安足多¹²。

譯文

遠遊到四海，上下觀賞壯闊的波濤。大魚有如彎曲的山陵，乘著波浪，游來

1　靈鼇戴方丈：鼇，傳說中海裡的大龜或大鱉。方丈，傳說中海上神山的名稱。
2　儼嵯峨：儼，莊嚴的樣子。嵯峨，山很高峻的樣子。
3　翔其隅：翔，飛。隅，角落。
4　玉女戲其阿：玉女，仙女。阿，曲隅，角落。
5　瓊蕊可療饑：瓊蕊，玉英、玉花。傳說中的仙人以玉英作為食物，所以說「可療饑」。
6　中州：中原。
7　謁東父：謁，拜見。東父，傳說中的神仙，又名東王父。
8　流沙：沙漠中的沙常因風吹而流動，所以稱沙漠為流沙。
9　鼓翼舞時風：鼓翼，振翅。時風，應時而起的風。
10　弊：毀壞。
11　光華：光輝。
12　萬乘安足多：萬乘，天子的意思，周代的制度裡，天子擁有千里之地，能夠出兵車萬乘，所以就用「萬乘」指天子。安足多，哪裡算得了什麼，多有「美好」的意思。

游去。靈鼇背負著方丈神山，那神山高峻、莊嚴聳立。神仙在山的一角翔遊，仙女在山坳嬉戲。玉花可以用來充饑，抬頭吸飲著朝霞。崑崙山本是我的住宅，中原不是我的家。我將歸去拜謁東王公，一展翅就飛越西部的沙漠。揮動著翅膀乘風起舞，一聲長嘯，唱出清亮的歌曲。金石本來就容易毀壞，要和太陽月亮共放光輝。壽命與天地等齊，萬乘之君哪有多美好？

賞析

　　這是一首遊仙詩，詩的結構是六、四、六、四句，共分四段。第一段寫自己仙遊所見大魚乘浪、靈鼇戴嶽的奇特景象。第二段寫仙人、玉女的食玉飲霞。第三段寫將歸崑崙、謁東父，鼓翼舞、嘯清歌。第四段以仙人可以超越生死，即使君王也比不上。

　　遊仙詩的主題，一般都寫超越生死，而這種超越生死的想法，又來自對於現實世界的不滿。像屈原寫的〈遠遊〉篇，就一般的說法，是在現實中受到排擠與迫害，才會寫出與仙人遨遊的內容。曹植的這首遊仙詩，大致上也是如此。由於政治上的不得志，王位之爭時輸給了曹丕，而曹丕曹叡父子對他的防範，又一直沒有放鬆，因此最後一句的「萬乘安足多」，或許就是在暗指自己對於帝王之尊的虛名，已經有所超脫了。

　　在詩的內容方面，遊仙詩常會出現的是時間的超越，例如曹操的〈陌上桑〉有「壽如南山不忘愆」的句子，而曹植的這一首詩裡，則是「齊年與天地」，能夠與天地齊年，就不會有年命的侷限。另外的一種超越，則是空間方面的，曹操的〈陌上桑〉寫「景未移，行數千」；而曹植寫的是「一舉超流沙」，人如果可以一下子飛過沙漠，表示了形體不會受限於空間。進一步來看，空間的超越，還有一個重要的項目「飛翔」，曹操的〈陌上桑〉在這部份頗多著墨，如「駕虹霓，乘赤雲」、

「若疾風遊欻飄翻」；曹植的詩句中，就寫了「仙人翔其隅」、「鼓翼舞時風」這兩句。平實而論，除去這兩項時空相似的元素，其他還有仙山神嶽、仙境（崑崙）、仙人（東君、王母、赤松）、仙人飲食的瓊玉、霞彩。一旦去掉這些，遊仙詩就顯得有些貧乏了。

　　再從寫作的心態來看，曹操還是相對比較超脫的一位詩人，整首〈陌上桑〉的重點，應該就在「受要秘道愛精神」及「絕人事」這兩句上。也就是說，曹操「遊仙」的境界，主要還是落在精神上的「絕人事」。而曹植的這首遊仙詩，很明顯的是在政治現實的挫折之下，使得他的「遊」，不但說出「中州非我家」的感慨，他更想要達到的乃是高過君王之上的「仙」人地步，這也是詩的最後一句寫出「萬乘安足多」的原因。

　　這樣一個受苦的靈魂，固然令人同情，但其中「身在江湖，心存魏闕」的深層意涵，卻值得深思！

問題與討論

1. 曹操〈薤露行〉詩中，與《詩經·黍離》在內容的書寫上有何不同？請加以說明。

2. 曹操的〈短歌行〉，表達的主旨有哪幾點？請簡要說明。

3. 曹操在〈苦寒行〉中，呈現出什麼樣的角色？

4. 曹操在〈陌上桑〉詩中，「遊仙」主要追求的是什麼境界？

5. 曹丕在〈清河見挽船士新婚與妻別作〉詩中，有哪些句子與古詩十九首相類似？

6. 曹丕的〈燕歌行·其一〉，有許多很好的寫作技巧，請扼要說明其中的一點。

7. 曹丕的〈燕歌行·其二〉，用了幾個否定句？造成了什麼樣的效果？

8. 曹丕的〈大牆上蒿行〉，在哪幾種物品上，使用排比句法？請寫出其中一種的排比句。

9. 曹丕的〈大牆上蒿行〉的主題，應該是為樂及時，從哪些詩句可以看出來？為什麼？

10. 曹丕的〈大牆上蒿行〉是一首雜言詩，請寫出不同字數的句子各一句。

11. 曹植的〈送應氏·其一〉，與曹操的〈薤露行〉都寫洛陽的殘破，二詩的筆法有何不同？

12. 曹植的〈送應氏·其二〉，如何表現人生的無奈與愁緒？

13. 曹植的〈七哀〉詩，使用哪兩種比喻表現思婦的心情？

14. 曹植在〈雜詩·其一〉中，如何善用《詩經》的詩句來營造詩境？

15. 曹植在〈雜詩·其二〉中，出現哪些語詞與曹植的身份形成強烈的對比？

16. 曹植在〈雜詩·其四〉中，如何使用「佳人」這個意象來表達自己的心志？

17. 曹植在〈贈白馬王彪〉詩中，面對的生離死別是什麼？他的感慨又是什麼？

18.曹植在〈贈白馬王彪〉詩中，使用哪些頂真句？這些頂真句又有什麼效果？

19.曹植在〈贈白馬王彪〉詩中，使用的韻部有入聲韻，請寫出入聲韻的韻腳。

20.曹植在〈贈白馬王彪〉詩中，使用了哪兩個《詩經》的典故？

21.曹植的〈白馬篇〉詩，如何描寫少年遊俠的射箭英姿？

22.曹植在〈薤露行〉詩中，從哪些句子可以看出曹植的自負？

23.曹植的〈遠遊篇〉與曹操的〈薤露行〉，在遊仙的境界上有何不同？

24.曹丕與曹植的創作各有特色，請說明二人的評價？

單元三

樂府詩選

樂府詩簡介

　　樂府詩是古典詩體的一種。由於漢代設立的機構——樂府，採集了許多民歌加以編集，後來就把這些民歌稱爲樂府詩。

　　樂府詩的採集，原先是希望透過這些民歌，來了解民情風俗，並且考察政治得失，這也使得樂府詩保留了很好的傳統——也就是反映現實。魏晉以後，曹氏父子開始使用樂府的曲名從事創作，像是曹操的〈龜雖壽〉、曹丕的〈大牆上蒿行〉，曹植的〈薤露行〉都是這一類的作品。不過他們所寫的內容，固然仍以表達時事爲主，在技巧上，則是更有文采，卻也逐漸與音樂脫離。

　　到了唐代，李白、杜甫、高適、張籍等詩人，都曾借用樂府舊題從事創作，寫過許多現實主義風格強烈的作品，但同樣都不能入樂。唐人另外還有一種作法，則是題目出現「歌」、「行」的字眼，但既不是沿用樂府舊題，也無法入樂，像是杜甫的〈兵車行〉，或是白居易的〈長恨歌〉，就是這一類的作品。

　　本書選錄的樂府詩，基本上都是樂府舊題，文字大膽活潑、主題鮮明辛辣，沒有矯揉造作、沒有歌功頌德，只有眞實的社會面貌，也是後人了解當時社會很珍貴的資料。

　　漢代樂府的句式，已然脫離了《詩經》四言體的格局，而成爲雜言體，所以句子從一個字到七個字都有，本書選的〈有所思〉還有「雞鳴狗吠兄嫂當知之」共九個字的句子。不過基本上，是以五言或七言爲主。

樂府詩作品選

十五從軍征

題解

這是一首返鄉老兵的哀歌。

本文

十五從軍征，八十始得歸。道逢鄉里人，家中有阿誰[1]？遙望是君家，松柏冢累累[2]。兔從狗竇入[3]，雉從梁上飛[4]。中庭生旅穀[5]，井上生旅葵[6]。舂穀持作飯[7]，采葵持作羹。羹飯一時熟[8]，不知貽[9]阿誰？出門東向望，淚落沾我衣。

譯文

十五歲從軍出征，八十歲才回到故鄉。路上碰到一個鄉里的人，問道：「我家裡還有什麼人？」他說：「遠遠看過去，那一片種著松樹柏樹、縱橫堆積的荒墳，就是你故家所在地。」（走到故家近旁）只見兔子從狗洞中出入，

---

1 家中有阿誰：阿誰，即誰，阿為語助詞，無義。
2 松柏冢累累：冢累累，墳墓很多，到處都是。古人在墳墓上種樹，以資辨別，松柏即是墓樹。
3 兔從狗竇入：狗竇，狗洞。兔是野物，狗是家畜，兔入狗洞，表現的是原來的屋子已無人煙。
4 雉從梁上飛：雉，野雞。梁，屋梁。
5 旅穀：旅穀，野生的穀子。旅有客居的意思，穀子原來應該生長在田地裡，卻長在中庭，所以稱之為「旅」。
6 旅葵：葵，葵菜，又稱之為「東葵」，其嫩葉可食。旅葵即野生的葵菜。
7 舂穀持作飯：舂穀，用石臼舂稻穀，使脫去糠皮。持，拿來。
8 一時：一下子。
9 貽：送。

野雞在屋梁間飛來飛去。堂前的天井裡長著野生的穀子，井台周圍長著野生的葵菜。舂好了穀子拿來做飯，採了葵菜拿來做羹湯。湯和飯一會兒就做好了，但不知拿給誰吃。走出大門，向東張望，不知不覺，掉下眼淚，沾濕衣裳。

　　這一首詩的內容，主要在控訴戰爭造成人民家破人亡的痛苦。

　　在分段上，可以分成二、四、四、四、二的結構。第一小段敘述作者十五從軍、八十得歸，為後文作一導引。第二小段的四句，說明返鄉路上遇到鄉人，而向對方詢問家中的狀況，卻得到令人難過的回答，也就是家早已成為一處亂葬塚。第三小段寫作者走近自己「舊家」，所見的殘破景象：兔入、雉飛，穀、葵橫生。第四小段寫做飯做羹，卻份量太多，不知與誰分享。最後一小段的兩句，寫出作者面對家破人亡的深沉哀痛，而以「出門東望，淚下沾裳」收束全篇。

　　本詩的藝術特點有：第一，整首詩的節奏，是由主人翁連續的動態影像串聯而成。從一開始的「從征、得歸」，接下來寫「逢鄉人、問家人」，再隨著鄉人手指的方向，「遙望」故鄉。然後是一連串的「看見」故家殘破的種種景象：墳塚累累、兔入、雉飛，甚至是原本長在田野的穀、葵，也因為無人整理，而四處橫生。最後寫的是：大概回來時兼程趕路，肚子餓了，於是就地取材，用野穀、野葵「做飯」，卻（捧在手上）不知道「拿給」誰吃；只能「走出家門」、「向東遠望」、「淚落沾裳」。這樣的寫法很細膩、很具象，也很生活化，也使得這一首詩的感染力特別強。

　　第二，本詩的主題是反戰作品，但是在字裡行間卻沒有一句在控訴戰爭。這一位十五歲離家、八十歲才得以返家的戰士，雖然有長達六十五年的時間在外征戰，等到年老返家時，又只能獨自面對家破人亡的慘況。但是在字裡行間，我們卻看不到激動煽情的仇恨、也聽不到聲

嘶力竭的吶喊，有的只是淡淡的「出門東望」、「淚落沾衣」。這應該是年逾八十的老人，面對人生太多的風風雨雨，看過太多他人的生離死別，於是在碰到自己的深沉傷痛時，竟然不知如何表達自己的情緒。事實上，歷來的評論家都說，全詩看起來沒有一字一句在控訴戰爭，但又是每字每句都道出了戰爭帶給人民的苦痛。

最後還有一點值得注意的是：本詩可以說是繼承了《詩經》反戰作品的傳統。在《詩經》中的反戰作品，像是〈擊鼓〉與〈采薇〉，〈擊鼓〉寫的是一位戰士對情人（妻子）的思念，間接表達了戰爭造成摯愛分離的控訴，而〈采薇〉則似乎是在國事紛亂與久戰思歸的情緒中掙扎，也透露出戰爭帶給人民的苦難。而〈十五從軍征〉相較於〈擊鼓〉與〈采薇〉，不管是主題或是技巧的表現，都可以與之相提並論而毫不遜色，並且達到了《詩經》「哀而不悱，怨而不傷」的境界。

詩的最後點出「淚落沾我衣」，「我」的出現，讓讀者清楚地看到一位老兵的身影，令人不勝唏噓！

延伸閱讀

詩經・小雅・采薇

采薇采薇！薇亦作止。曰歸曰歸！歲亦莫止。靡室靡家，獫狁之故；不遑啟居，獫狁之故。采薇采薇！薇亦柔止。曰歸曰歸！心亦憂止。憂心烈烈，載飢載渴；我戍未定，靡使歸聘。采薇采薇，薇亦剛止。曰歸曰歸，歲亦陽止。王事靡盬，不遑啟處；憂心孔疚，我行不來。彼爾維何？維常之華。彼路斯何？君子之車。戎車既駕，四牡業業；豈敢定居，一月三捷。駕彼四牡，四牡騤騤；君子所依，小人所腓。四牡翼翼，象弭魚服；豈不日戒，獫狁孔棘。昔我往矣，楊柳依依；今我來思，雨雪霏霏。行道遲遲，載渴載飢；我心傷悲，莫知我哀！

陌上桑

題解

這是一首名爲羅敷的美女，拒絕一位太守追求的詩。

本文

日出東南隅[1]，照我秦氏樓。秦氏有好女，自名爲羅敷[2]。羅敷喜蠶桑[3]，采桑城南隅。青絲爲籠系[4]，桂枝爲籠鉤[5]。頭上倭墮髻[6]，耳中明月珠[7]。緗綺[8]爲下裙，紫綺爲上襦[9]。行者[10]見羅敷，下擔捋髭須[11]。少年見羅敷，脫帽著帩頭[12]。耕者忘其犁，鋤者忘其鋤。來歸相怨怒，但坐[13]觀羅敷。使君[14]從南來，五馬立踟躕。使君遣吏往，問是誰家姝[15]？「秦氏有好女，自名爲

---

1 日出東南隅：中國在北半球，夏至以後日漸偏南，所以說是日出東南隅。隅，角落。
2 羅敷：古代美女的名稱。另一首著名的樂府詩〈孔雀東南飛〉中，也有「東家有賢女，自名為羅敷。」的句子，很可能當時的人習慣以「羅敷」來稱呼美女。
3 蠶桑：採桑葉養蠶。
4 籠系：籠，竹籃。系，絡繩，纏繞籃子的繩子。
5 籠鉤：一種工具，採桑時用來鉤桑枝，行走時用來挑竹筐。
6 倭墮髻：古代婦女的一種髮式，髮髻向額前俯偃。
7 明月珠：夜光珠，珠光晶瑩像是月光，所以稱為明月珠。
8 緗綺：淺黃色的絲綢。
9 襦：短衣、短襖。
10 行者：過路的行人。
11 下擔捋髭須：下擔，放下擔子。捋，用手指順著抹過去、整理，音ㄌㄩˇ。髭須，鬍子，唇上曰髭，唇下為須。髭，音ㄗ。須同鬚。
12 脫帽著帩頭：把帽子脫下，只戴著紗巾。古代男子戴帽，先用頭巾把頭髮束好，然後再戴帽子。著，戴。帩頭，包頭的紗巾。
13 但坐：但，只。坐，因為。
14 使君：漢代稱呼太守、刺史為使君，漢以後用在對於州郡長官的尊稱。
15 姝：美女。音ㄕㄨ。

羅敷。」「羅敷年幾何？」「二十尚不足，十五頗有餘」。使君謝¹⁶羅敷：「寧可共載不¹⁷？」羅敷前置辭¹⁸：「使君一何愚！使君自有婦¹⁹，羅敷自有夫。東方千餘騎²⁰，夫婿居上頭²¹。何用²²識夫婿？白馬從驪駒²³；青絲系馬尾，黃金絡馬頭²⁴；腰中鹿盧劍²⁵，可值千萬餘。十五府小吏，二十朝大夫，三十侍中²⁶郎，四十專城²⁷居。爲人潔白皙²⁸，鬑鬑頗有須²⁹。盈盈³⁰公府步，冉冉府中趨³¹。坐中數千人，皆言夫婿殊³²。」

譯文

太陽從東南方昇起，照到了我秦氏的樓房。秦氏有一位美麗的女子，她的名字是羅敷。羅敷喜歡採桑、養蠶，就來到了城南採桑。她用青絲作爲竹籃的絡繩，用桂枝做籃子的提柄。她的頭上梳著倭墮髻，耳上掛著明月珠。淺黃

16　謝：詢問。
17　寧可共載不：寧可，表示在權衡兩方面的利害得失之後，選擇其中的一面。共載，共同乘車，嫁給使君的委婉說法。不，否。
18　置辭：致詞、陳述。
19　婦：妻子。
20　千餘騎：形容跟隨丈夫的人很多，是一種誇張的說法。
21　居上頭：站在前列的位子。
22　何用：用何。用，以。
23　驪駒：純黑色的馬。又泛指馬。
24　絡馬頭：絡頭，套在馬、驢等牲畜頭上，以便控御牲畜的器具，又稱為「籠頭」。
25　鹿盧劍：劍把用絲條纏繞起來，像鹿盧的樣子。鹿盧，即轆轤，井上汲水的用具。
26　侍中：古代職官名稱。秦始置，兩漢沿置，是正規官職外的加官之一。因侍從皇帝左右，出入宮廷，與聞朝政，逐漸變為親信貴重之職。這裡的侍中郎，只是泛指在朝中擔任侍衛官。
27　專城：指主宰一城的州牧太守一類的地方長官。
28　皙：皮膚白淨。
29　鬑鬑：鬍鬚梳疏的樣子。
30　盈盈：儀態美好的模樣。
31　冉冉府中趨：冉冉，緩慢行進的樣子。趨，快步走、趕著向前走，這裡只是走的意思。
32　殊：特異，出眾，突出。

的絲綢做下裙，配上紫色的絲綢短襖。路過的行人看到了羅敷，就放下擔子整理自己的髭鬚。年輕人看到了羅敷，不禁脫下帽子，露出包頭髮的紗巾。耕田的農夫忘了犁耙，鋤地的人忘了鋤頭。他們回去時相互抱怨耽誤了工作，只是因為忙著觀看羅敷。有一位太守從南邊來，五匹馬拉的車徘徊不前。太守派了一個小吏前往，詢問這是誰家的美人？「秦家有位美麗的女子，她的名字是羅敷。」「請問羅敷今年幾歲？」「二十還不足，十五卻有餘。」太守請問羅敷：「能不能與我同車回去？」羅敷上前回答說：「太守怎麼這麼傻！太守有自己的妻子，羅敷有自己的丈夫。」「你看東方有一千多車騎隨從，我的夫婿走在最前頭。用什麼辨識我的丈夫呢？那位騎著白馬、後面跟著騎黑馬隨從的人就是我的丈夫。他的白馬尾上繫著黑色的絲帶，馬的絡頭上鑲嵌著黃金。腰間佩著鹿盧劍，價值千萬還有餘。他十五歲做了府中的小吏，二十歲是朝中的大夫。三十歲是侍中郎，四十歲是專職一城的太守。他的皮膚潔白又乾淨，臉上蓄著一些稀疏的髭鬚。他儀態美好、從容地邁著方步，在府衙裡慢慢走踱著。在座的有幾千人，都說我的丈夫最為傑出！」

賞析

　　這是一首十分很趣的詩歌。

　　全詩共分三段，第一段集中描寫羅敷的美麗，並透過他人為了觀看羅敷而行為失常，映襯羅敷的美貌。第二段寫太守見到羅敷之後，向羅敷求婚的過程。第三段寫羅敷描述了自己夫婿的傑出，拒絕了太守的求婚。整首詩寫得生動有趣，令人讀來忍不住會心一笑。

　　這首詩充分表現了樂府民歌質樸活潑的特色，在敘述上也很有層次。從一開始的「日出東南隅，照我秦氏樓」，就讓人感覺像是沐浴在清晨溫煦的陽光中，全身無比地舒暢、妥貼。接著，羅敷出場了，一

句「秦氏有好女」，就令人無限嚮往。尤其是什麼是「好」呢？畢竟環肥燕瘦，各有所好，每個人的審美觀不盡相同，作者卻巧妙地用一個「好」字來概括。而且作者馬上運用兩個部分，來呈現羅敷之美。一是工作中的羅敷：「羅敷喜蠶桑，采桑城南隅。青絲爲籠系，桂枝爲籠鉤。」籠系、籠鉤與蠶桑有關，所以應該放在一起來看。二是羅敷的裝扮：「頭上倭墮髻，耳中明月珠。緗綺爲下裙，紫綺爲上襦。」這八句比起一個「好」字，就具體多了。

　　這一段是正面的描寫，第二段則是從「行者、少年、耕者、鋤者」四種人物的動作，映襯寫出羅敷的美貌。這種寫法的確非常高明，四種不同身份的人，不約而同受到羅敷的美麗吸引，而有一些忘形的舉動，就此打破羅敷的美並非只是作者個人的見解而已。其實，這裡所寫的情形難免有些誇大，卻也因爲這樣的誇大，才可以導引出下一段太守對於羅敷的一見傾心，是合情合理的表現。

　　第三段是太守的出場及請婚交涉的經過。一般的說法，太守的請婚像是開玩笑，顯得太過輕浮。然而，太守只是「遣吏往」，只是單純問了她的名，問了她的年紀，問了她願不願意「共載」，就一下子被說成是輕薄之人，實在有些苛刻。如果是站在「窈窕淑女，君子好逑」的立場，太守對於一位美女的追求，難道不是一椿美事嗎？不過一來詩歌中並沒有提供更多的背景說明，太守的行爲是否失之莊重，後人也無法得知，二來太守的追求，既是強調羅敷的美沒有人可以抗拒，又是爲了第四段的舖陳，這一個小小的疑惑，不妨就此擱置。

　　在第四段裡，羅敷先是拒絕了太守的求婚，然後敘述自己夫婿的優點，要讓這個太守知難而退。羅敷介紹夫婿的內容，很有層次，也很有技巧，從千餘騎的簇擁，到描述夫婿騎著白馬，馬尾繫著青絲，馬絡頭

鑲著黃金，腰間佩帶鹿盧寶劍，再來是夫婿的任官經歷、夫婿的長相、威儀，最後再借用千人之說，證明夫婿的傑出。羅敷的描述，看得出來句句針對這位求婚的太守。應該是刻意打擊這位太守的信心，頗有「我的夫婿樣樣比你強，你有什麼了不起？」的味道。

這首詩中，其實有好幾個疑點，例如羅敷的夫婿既然是「專城居」的太守，羅敷為什麼還需要辛苦地蠶桑？另外又有一種推論，說羅敷所稱的夫婿乃是假託之人，那麼羅敷只是一般採桑養蠶的女子，怎麼能穿緗綺、紫綺製成的裙襦、戴著月明珠的耳環？還有一點是，依照羅敷的自述，他的夫婿已經是四十歲了，與羅敷的「二十尚不足」，年齡上的差距不會太大嗎？而且羅敷在拒絕太守的請求時，直接就說「使君一何愚」，這個「愚」字，不會說得太重嗎？不會激怒太守嗎？

作者在這一首詩當中，似乎有意塑造一位不會愛慕虛榮的女子，可是透過「行者、少年、耕者、鋤者」以及太守的「癡」，隱隱然讓人覺得羅敷對於自己的美貌，是有一些耐人尋味的自信之處。

東門行

題解

一位無法養家活口的男子，在憤懣之際決意不顧一切外出工作。

本文

出東門，不願歸[1]；來入門，悵欲悲[2]。盎中無斗米儲[3]，還視架上無懸衣[4]。拔劍東門去，舍中兒母牽衣啼[5]：「他家[6]但願富貴，賤妾與君共餔糜[7]。上用倉浪天故[8]，下當用此黃口兒[9]。今非[10]！」「咄[11]！行！吾去為遲[12]，白髮時下[13]難久居[14]。」

譯文

走出東門外，再也不願回家了。回到家，失意惆悵令人傷悲。米缸裡沒有存

---

1 不願歸：「不願」，一本作「不顧」，兩義皆可通。「不顧歸」是說出東門時原已下定決心鋌而走險，不再考慮回家的事；「不願歸」是說當時自己再也不願回家了。語氣和情感強弱稍有不同。
2 悵欲悲：悵，失意。悲，悲痛。
3 盎中無斗米儲．盎，盆類，指米缸。斗儲，一斗米的餘糧。
4 還視架上無懸衣：還視，回過頭看。懸衣，掛著的衣服。
5 牽衣啼：拉著衣服哭啼。
6 他家：別人家。
7 賤妾與君共餔糜：賤妾，古代男尊女卑，所以妻子如此自稱。餔糜，吃稀飯，表示生活刻苦。
8 上用倉浪天故：用，因，為了。倉浪，青色，倉浪天，猶言青天、蒼天。故，緣故。
9 下當用此黃口兒：當，應該。黃口，指幼兒。
10 今非：余冠英認為根據《樂府古題要解》的引文，這一句應該是「今時清，不可為非」，中間脫落了五個字，到了晉樂所奏，又增加為「今時清廉，難犯教言，君復自愛莫為非」。
11 咄：音ㄉㄨㄛˋ，呵叱責罵聲。
12 去為遲：去，離開。為遲，指由於妻的勸阻而太遲。
13 下：掉落。
14 難久居：難捱下去。

糧，回頭看看衣架上，也沒有衣服掛著。拔劍想要再去東門，家中小孩的娘拉住我的衣服哭著說：「別人家只求富貴，我卻情願和你一起喝粥，過窮日子。請你往上看在蒼天的分上，往下看在孩子的分上吧。千萬不要去做非法的事。」「去！我走啦！現在走已經遲了！你看我的白頭髮都脫落了，這種日子實在難捱下去了。」

賞析

這是一首讀來令人格外悲憤的詩！

在人民生活困苦的時代，這樣的對話、這樣的悲劇，想必天天都在上演。一位有志難伸的男子，無法賺錢養家活口，只能眼睜睜看著家中的米缸裡沒有米，衣架上沒有衣服掛著，心中的煎熬可想而知。雖然一度想要鋌而走險，卻在妻子的勸阻之下，不得不打消念頭。可是經濟貧困的問題並沒有解決，家中的黃口小兒依舊在挨餓受凍，不出去想個辦法，一家人只有等著餓死。

本詩可分成四、二、七、四的結構，首段四句說到男主人出門、進門的心境轉折。男主人一開始出走東門的原因，恐怕也是想要解決家裡的經濟問題。然而整個社會結構性的問題，大概不是個人的微薄之力可以解決。出門前也許還懷抱著一絲希望，可是卻落得失望的結果之後，自然會想逃避一切，甚至不願回家面對妻兒。在不得不回家時，心中的惆悵憤懣不斷湧現。尤其是觸目所及，先是看到家中的米缸裡沒有米，再還顧衣架上沒有衣服，這樣家徒四壁的景象，使得男主人的情緒整個爆發出來。於是乎男主人憤慨地拔出佩劍，下定決心要去東門（準備鋌而走險），女主人也知道丈夫這一去，一定會出問題，只能抓著丈夫的衣服，苦苦哀求，並且說出一段令人辛酸不已的話，而進入詩歌的第三段。

女主人極力勸阻男主人的衝動，而說出又是萬分深情、又是萬分無

奈的話：別人家也許企求富貴，她卻是心甘情願與丈夫一起吃稀飯度日（只要家人能夠平安在一起，生活刻苦一些又有什麼關係？）。接下來，妻子一方面用老天爺來威嚇、一方面則用家中幼兒的溫情，希望勸退丈夫千萬不可犯下大錯。最後說的「今非」兩字，簡短有力，十分具體地表達出妻子內心激切之情。有的學者認為「今非」兩字的中間脫漏了幾個字，應該是「今時清，不可為非」，意思才會完整。其實簡短的兩字，反而可以非常生動地呈現妻子內心焦慮的形象。另外再加上「時清，不可為」這幾個字，顯得有些畫蛇添足，對於全詩意旨的理解未必更好。

最後的一小段，男主人還是忍不住心中的鬱悶與煎熬，一個「咄」字，再加上一個「行」字，將男主人下定決心、準備出門去放手一搏的形象，十分深刻而具體地表現出來。男主人心裡很清楚：不出去做一番努力，全家都要跟著挨餓受凍、毫無生存的機會。因此他不得不喝叱妻子，不要再阻止他。另一方面也是告訴自己，再不出去情勢只會更惡劣，等到頭髮白了，就沒有機會了。

本詩的感染力極強，原因在於作品寫出了市井小民深沉的無奈。尤其是在作品中，透過夫妻二人的對答，將小人物的辛酸，表達得絲絲入扣，更是令人讚嘆不已。這樣的技巧，在後代的詩人當中，大概只有杜甫的作品中可以達到這樣的境界。更值得注意的是：作者運用了兩次的衝突點，使得整首作品具備了無限的張力與衝突。這兩次的衝突點分別是：1.男主人出門／入門，2.男主人想出門／女主人哀求留下／男主人決意出門。首先從男主人出門無所得、回家後看到一家人的困苦，這是男主人內心的第一層衝突。接著男主人不惜鋌而走險，女主人卻寧可「共哺糜」，最後男主人決意出門，這是另一層的衝突。

最後的結果如何？留給了讀者許多的想像空間，應該是這一首詩的另一個成功之處。

戰城南

　　戰死的士兵在不得安葬時，透過辛辣的諷刺，表達對於戰爭與國君的控訴。

戰城南、死郭[1]北。野死不葬烏可食[2]。爲我謂烏：「且爲客豪[3]，野死諒[4]不葬，腐肉安能去子逃[5]？」水深激激[6]，蒲葦冥冥[7]。梟騎戰鬥死[8]，駑馬[9]徘徊鳴。梁築室[10]，何以南？何以北？禾黍不穫[11]君何食[12]？願爲忠臣安可得？思子良臣[13]，良臣誠[14]可思：朝行出攻，暮不夜

1　郭：外城。
2　野死不葬烏可食：野死，死在原野。烏，烏鴉，傳說烏鴉嗜吃腐肉，而城南城北都有許多戰死的人，屍體暴露在荒野中沒人埋葬，正好供烏鴉啄食。可，正好。
3　且爲客豪：且，姑且。客，戰死之人，死者多為轉戰異鄉之人，所以稱為客。豪同嚎，即號哭的號。為死者號哭，所以表示哀悼之意。古人對於新死者必須舉行招魂的儀式，招魂時且哭且說，就是號。
4　諒：信，揣度之辭，猶言想必。
5　腐肉安能去子逃：腐肉，屍體腐爛謂之腐肉。安，哪裡。去子逃，逃離開你的嘴。子，你，指烏鴉。這三句對著烏鴉說，希望烏鴉先為己招魂，再吃自己的屍體。
6　激激：水清澈貌。
7　蒲葦冥冥：蒲葦都是水草。冥冥，昏暗幽寂貌。
8　梟騎：梟與驍通，勇猛，梟騎原是善戰的駿馬，又暗喻英勇的戰士。
9　駑馬：駑鈍拙劣的馬。比喻庸碌的人。
10　梁築室：梁，橋梁。梁築室指在橋上蓋起房子，表示社會秩序不正常。另一種說法是築室指在橋梁上構築的工事或營房。
11　禾黍不穫：禾黍，泛指田野中生長的穀物。穫，收成。
12　君何食：國君如何得到食物？
13　思子良臣：子，你，你們，指那些戰死者。良臣即「子」的同位語。良臣，指良將。
14　誠：確實，實在。

歸。

譯文

在城南城北作戰，有許多戰死的人，他們的屍體無法安葬，正好供給烏鴉啄食。請替我告訴烏鴉：「還是先為這些客死他鄉的戰士招魂吧，這些人反正已死在荒野，諒必無法安葬，他們腐爛的屍體，還能逃開你們的口嗎？」戰場上只見清冷的流水與昏茫一片的葦叢。英勇的戰士犧牲了，剩下駑馬在徘徊低鳴。在橋上蓋房子，人們如何南來北往？田中穀物無人收割，國君又怎能吃得到呢？想要為國出力成為忠臣，又如何做得到呢？想到你們這些忠良之人，實在令人思念。一早就出征，卻直到晚上也不見回來。

賞析

　　這也是一首反戰的作品。

　　詩的結構分為三、四、四、三、二、四句。不管在字數或句式上，都很有參差、跌宕之美。詩的開頭三句就十分具有震撼力：不管是城南或城北，戰況激烈、到處都有戰死的兵士，可是無人收屍埋葬，只能落得被烏鴉啄食。本來戰死他鄉已經是很悲慘的事，死後卻又無人招魂，也無法保有全屍，而充作烏鴉的食物。就這三句，足以令人感到一片的蕭殺與悲涼。

　　第二段四句，作者運用了想像力，寫戰士希望有人幫他傳話給烏鴉，請烏鴉先為戰死他鄉的戰士招魂，反正死屍又不能逃走。這四句寫得有點諷刺，但傳達的感情卻是既無奈又沉痛。第三段的四句，筆鋒一轉，寫了戰場上的光景，有清冷的流水、昏茫的葦叢、戰死的勇士、悲鳴的駑馬。第四段筆鋒又一轉，直寫軍事行動帶給社會不正常現象的其中一項，也就是本來作為兩地往來的橋梁，上面竟然蓋起了房子；只

是如此一來，人們如何南來北往呢？第五段從田中穀物起興，田中穀物無人收割，則國君無法食用；想要成為忠臣卻無人賞識，則國君無法重用，「安可得」一語道盡了戰士的無奈。最後四句推翻前一句，寫出就算是良臣、而且是令人懷念的良臣，下場卻是早上出去作戰，到了晚上已經戰死而無法歸來。

　　這一首詩的成功之處，在於使用一種近乎諧謔的口吻，表達了對於戰爭造成生命終結的諷諭。本來死亡是一件極為哀痛的事，更何況是戰死異鄉、無人招魂埋葬，那種悲戚、絕望，恐怕不是一般人可以體會的感受。然而，如果整個戰爭只是荒謬、可笑的屠殺，詩人當然可以使用這種諧謔的手法，去突顯死亡的無奈與心中的憤懣。

　　這一首詩另一個特別的地方在於使用了五個疑問句，包含「腐肉安能去子逃」、「何以南」、「何以北」、「禾黍不穫君何食」、「願為忠臣安可得」。就一般的理解，疑問句的使用大多是提供讀者思考問題的手段，可以藉此讓讀者進一步體會作者提出的觀點，例如「願為忠臣安可得」一句，就是暗示讀者「願為忠臣不可得」，讓讀者從中思考，為什麼無法成為忠臣，不是「不願為」，而是忠臣的下場是「朝行出攻，暮不夜歸」，很快就折損了。

　　本詩的用韻變化極大，韻腳是「北、食、嚎、逃、冥、鳴、北、食、得、思、歸」。其中的「北、食、得」屬於入聲「職」部，而且十分特別的是「北、食」二字使用了兩次，在古詩中，並不忌諱出現這樣的情形。再者，詩的韻腳從仄（入聲韻）轉平、再轉仄（入聲韻）、轉平，一般而言，入聲韻適合表達抑鬱之情，搭配著平聲韻，這樣的手法，充滿了古人所謂的跌宕之美，也完整地呈現了聲情之美。

延伸閱讀

詩經‧國風‧邶風‧擊鼓

擊鼓其鏜，踴躍用兵。土國城漕，我獨南行。從孫子仲，平陳與宋。不我以歸，憂心有忡。爰居爰處？爰喪其馬？於以求之？於林之下。死生契闊，與子成說。執子之手，與子偕老。于嗟闊兮！不我活兮！于嗟洵兮！不我信兮！

上山采蘼蕪

題解

棄婦巧遇故夫時，無奈的自我安慰。

本文

上山采蘼蕪[1]，下山逢故夫[2]。長跪問故夫[3]，新人復何如[4]？新人雖言好[5]，未若故人姝[6]。顏色類相似[7]，手爪不相如。新人從門入[8]，故人從閣[9]去。新人工織縑[10]，故人工織素[11]。織縑日一匹[12]，織素五丈餘[13]。將縑來比素，新人不如故[14]。

譯文

上山採摘蘼蕪，下山遇到前夫。伸直著腰跪問前夫：新娶的人兒怎麼樣？新

1　蘼蕪：又名蘄茝，香草名，風乾後可以做香料。
2　故夫：以前的丈夫。
3　長跪：伸直了腰跪著。
4　新人復何如：新人，故夫新娶的妻子。復何如，又怎麼樣呢？
5　言好：說起來很好。
6　未若故人姝：未若，不如。姝，好，參照上下文義，這裡的「姝」應該是指新人的容貌姣好，勝過原來的妻子，也就是後面說的「故人」。
7　顏色類相似：顏色，容貌。類相似，差不多。這裡應該是原來的妻子的自我安慰，實際上，丈夫正是因為新人更加年輕貌美，才會捨棄原來的妻子。
8　新人從門去：門，正門，新人從正門堂皇地進來。
9　閣：小門。
10　工織縑：工，善於。縑，細緻的絲絹，顏色較黃。
11　素：白絹。
12　一匹：四丈。
13　餘：在這裡唸「裕」。與「去、素、故」押韻。
14　新人不如故：新人日織縑四丈，故人日織素五丈，所以說新人不如故。

娶的人雖然很好，還是比不上故人。容貌相差不多，手藝卻大大不如。新人從正門娶進來，故人只能從旁門離開。新人善於織縑，故人善於織素。新人一天織縑一匹，故人一天織素五丈多。從縑與素的量來比較，新人不如故人。

賞析

　　這一首詩在辛酸中，又透露出一點有趣的無奈。

　　本詩大致可以分成四個段落，句式是四、四、二、六。第一段說明自己遇到故夫，問起故夫新人的情形，作為全詩的啟導。第二段的四句，是棄婦對於故夫的回答所作的回應。第三段只有兩句，棄婦回憶了當年新人入、故人去的往事。第四段的六句，從本詩第八句的「手爪不相如」衍伸而來，說明自己的手藝勝過新人。

　　這一首詩的寫作手法很特殊的地方在於：一方面由棄婦的口吻敘述整個事件，一方面整首詩充滿了棄婦自我療癒式的心情表述。一位遭受遺棄命運的妻子，遇到了「故夫」，免不了想要知道「新人」的種種，於是問了故夫新人的表現如何。故夫的回答如果不是不置可否，就是說了新人的好話，而且最有可能的還是說新人很好（說不定還稱讚新人長得很漂亮）。這樣的回答當然是直接刺到棄婦的痛處，於是棄婦不得不武裝自己、自我安慰，而有了接下來的內心獨白：「新人雖然很好，哪比得上故人的美麗呢？」問題是這位故夫如果是一位有情有義的人，還會顧念她的感受，又怎會拋棄她，而另娶比較年輕的新人呢？而且從整首詩的主題來看，故夫的無情，造成棄婦的悲情，正是本詩感染人心的原因。假設故夫在此卻是有情有義，說話安慰她，豈不是與棄婦的主題產生衝突？棄婦的被棄，大概與年長色衰有關，所以棄婦才會在內心吶喊：新人就算很好，卻不如故人的美。

只是如果故人較美，那麼故夫為什麼會拋棄她？接下來的兩句詩，正好透露了棄婦的心事：好吧！就算新人的容貌與棄婦相差不多，手藝則是大大不如。可是這裡所謂的「不如」，仍然是棄婦的自我安慰。殘酷的事實卻是：棄婦的容貌不如新人、手藝也不如新人。怎麼說呢？在第四段裡，棄婦用了一個比喻，說明自己與新人手藝的高下。只是從這個比喻來看，似乎更加坐實故夫選擇新人的因素，還是著眼於現實的考量，而結果則是容貌與生產力的優勝劣敗。有關縑與素的價值，一直以來絕大部份注解都說是漢代時期素比縑貴，然而這個說法不知有何根據？因為從織法與成品來看，縑的品質較好、價錢應該也較高，反而是棄婦自己認定以數量來比較，新人一天織一匹（四丈），棄婦一天織五丈多，新人不如故人。使用這樣的比較，只是為了扳回顏面，但是對於故夫的負心，卻是一點也無法改變。也唯有如此解讀，全詩的主題才會一致，而不致於前後矛盾。

至於九、十這二句，穿插在詩的中間，比較像是棄婦在獨白之際，「新人入，故人去」的景象突然出現，更加添了棄婦的哀戚。而且在這二句之後，立刻又回到現實、面對故夫的冷淡態度。這種跳接的手法，可以說是本詩十分特殊而成功的技巧。整體而言，棄婦主題的作品，從《詩經》的〈谷風〉與〈氓〉二詩開始，棄婦被棄的原因，幾乎都是「年長色衰」，與本詩的棄婦情形完全一致，令人無限的同情。

從本詩直接反映出來的社會現象，說明了樂府詩的現實主義精神，值得後人重視。

延伸閱讀

詩經‧國風‧邶風‧谷風

習習谷風，以陰以雨。黽勉同心，不宜有怒。采葑采菲，無以下體。德音莫違，及爾同死。行道遲遲，中心有違。不遠伊邇，薄送我畿。誰謂荼苦？其甘如薺。宴爾新婚，如兄如弟。涇以渭濁，湜湜其沚。宴爾新婚，不我屑以。毋逝我梁，毋發我笱。我躬不閱，遑恤我後！就其深矣，方之舟之；就其淺矣，泳之游之。何有何亡？黽勉求之。凡民有喪，匍匐救之。不我能慉，反以我為讎。既阻我德，賈用不售。昔育恐育鞫，及爾顛覆。既生既育，比予于毒。我有旨蓄，亦以御冬。宴爾新婚，以我御窮。有洸有潰，既詒我肄。不念昔者，伊余來塈。

詩經‧國風‧衛風‧氓

氓之蚩蚩，抱布貿絲。匪來貿絲，來即我謀。送子涉淇，至于頓丘。匪我愆期，子無良媒。將子無怒，秋以為期。乘彼垝垣，以望復關。不見復關，泣涕漣漣；既見復關，載笑載言。爾卜爾筮，體無咎言。以爾車來，以我賄遷。桑之未落，其葉沃若。于嗟鳩兮，無食桑葚。于嗟女兮，無與士耽。士之耽兮，猶可說也；女之耽兮，不可說也。桑之落矣，其黃而隕。自我徂爾，三歲食貧。淇水湯湯，漸車帷裳。女也不爽，士貳其行。士也罔極，二三其德。三歲為婦，靡室勞矣。夙興夜寐，靡有朝矣。言既遂矣，至于暴矣。兄弟不知，咥其笑矣。靜言思之，躬自悼矣。及爾偕老，老使我怨。淇則有岸，隰則有泮。總角之宴，言笑晏晏。信誓旦旦，不思其反。反是不思，亦已焉哉！

孤兒行

題解

　　一位孤兒在兄嫂一再的虐待之後，希望相從地下的父母。

本文

孤兒生¹，孤兒遇²生，命當獨苦³！父母在時⁴，乘堅車⁵，駕駟馬⁶。父母已去⁷，兄嫂令我行賈⁸。南到九江⁹，東到齊與魯¹⁰。臘月¹¹來歸，不敢自言苦。頭多蟣蝨¹²，面目多塵¹³，大兄言：「辦飯¹⁴」！大嫂言：「視馬」¹⁵！上高堂¹⁶，行取殿下堂¹⁷，孤兒淚下如雨。使我

1　生：出生。
2　遇：遭逢。
3　命當獨苦：命，命運。獨，特別。
4　在時：活著的時候。
5　堅車：堅固完好的車子。
6　駟馬：四匹馬共駕在一個車上。
7　已去：已死。
8　行賈：往來經商。
9　九江：指九江郡，即今安徽省定遠縣西北。
10　齊與魯：泛指今山東省境內之地。齊，今山東臨淄縣，東漢時為諸侯之國。魯，漢縣名，今山東省曲阜縣。
11　臘月：冬天十二月。
12　蟣蝨：蝨，蝨子。蟣是蝨的幼卵。
13　面目：從上文「東到」句、「不敢」句來看，此句應為五言句，且應有韻腳，故末尾可能脫去「土」字。
14　辦飯：料理飯食。
15　視馬：照看馬匹。
16　高堂：大廳，在正屋。
17　行取殿下堂：行，復，又。取，通趨，急走。殿，高大的房屋，即上一句的高堂。殿下堂應該是大屋子裡的另一處堂屋。

朝行汲[18]，暮得水來歸。手爲錯[19]，足下無菲[20]。愴愴履霜[21]，中多蒺藜[22]。拔斷蒺藜，腸[23]肉中，愴欲悲。淚下渫渫[24]，清涕累累[25]。冬無複襦[26]，夏無單衣。居生[27]不樂，不如早去[28]，下從地下黃泉[29]。春氣動[30]，草萌芽。三月蠶桑[31]，六月收瓜。將是瓜車[32]，來到還家。瓜車翻覆，助我者少，啗[33]瓜者多。願還我蒂[34]。兄與嫂嚴，獨且[35]急歸，當興校計[36]。亂曰：里中一何譊譊[37]，願欲寄尺書[38]，將與[39]地下父母，兄嫂難與久居。

譯文

孤兒出生下來，命運特別辛苦。父母在世的時候，乘坐著堅固的車子，有四匹馬駕車。父母死去之後，兄嫂令我到外地作買賣。南邊到達九江，東邊到

---

18 汲：汲水。
19 錯：皮膚龜裂。
20 菲：與屝通，草鞋。
21 愴愴履霜：愴愴，悲傷貌。履，踩踏。
22 蒺藜：一種蔓生的野草，果實的表面有針狀突起，呈三角形。
23 腸：即腓腸，足脛後面的肉。
24 淚下渫渫：形容淚落不斷。
25 累累：不絕貌。
26 複襦：複指有裏子的衣服，襦為短襖，「複襦」即短夾襖。
27 居生：活在世上。
28 早去：早死。
29 下從：指跟從父母於地下，黃泉與地下同義。
30 春氣動：春天來到，溫暖的陽氣開始發生。
31 三月蠶桑：三月裡要為兄嫂養蠶採桑。
32 將是瓜車：將，推。是，這。言孤兒推著這輛瓜車。
33 啗：吃。
34 蒂：瓜藤與瓜相接的部分。
35 獨且：獨，將，獨且，即將。
36 當興較計：當，一定。興較計，即起糾紛、惹麻煩。較計，猶計較。
37 里中一何譊譊：里，指孤兒所居之地，里中猶言家中。譊譊，喧嘩聲，怒罵聲。
38 尺書：信札。
39 將與：帶給，捎給。

了齊與魯。冬天十二月才回到家鄉，也不敢訴說自己的辛苦。頭上都是蟣虱，臉上滿是塵土，大哥說：「去準備做飯！」大嫂說：「去看顧馬匹！」走上高堂，又趕到另一處，孤兒眼淚如雨下。早上教我去汲水，一直忙到晚上才回家休息。兩手都凍得龜裂了，腳下連一雙鞋子也沒有。心中悲傷，踏著冰霜回家。地上有許多蒺藜，刺進了腳裡。拔斷蒺藜，蒺藜的刺卻斷在脛肉中。心裡難過得快要哭出來，眼淚不停地流下來。冬天既沒有短夾襖，夏天也沒有單衣。活著這麼不快樂，不如早點死去，跟隨黃泉下的父母。春天陽氣發動，綠草萌芽。三月裡養蠶採桑，六月裡收摘瓜果。手推瓜車，走向回家的路。沒有想到瓜車翻覆了，路上的人幫助我的少，趁機吃瓜的人多。希望你們把瓜蒂還我，因為我的哥哥與嫂嫂很嚴厲。我必須立刻回去，恐怕免不了一場糾紛。亂曰：家中為何一片吵鬧。真想寫一封信，帶給地下的父母，告訴他們，這樣的兄嫂實在很難與他們生活下去。

賞析

　　這一篇作品的內容十分寫實，看了令人動容。

　　從詩的結構來看，一開始先說孤兒的生活很辛苦，用來提領全篇，接著則是敘述了行賈、汲水、收瓜三件事，具體呈現了辛苦的事項，最後再用欲寄書信向父母訴苦總結。敘事性的作品不容易寫好，最主要的原因在於作者必須從許多事作中，加以剪裁之後，再妥貼地安排，才可以適切地表達作品所要呈顯的主題，而不會流於矯情、濫情。可想而知，詩中的孤兒所遭受的虐待與委屈，絕對不只這三件事。而本篇的作者卻能從孤兒受虐的許多事件中，擷取了行賈、汲水、收瓜三件事，加以敷衍而成。將孤兒長時間的外地奔波行賈，到冬天必須整天汲水、春天採瓜回家，很深刻、細膩地寫出來，而不會流於空洞，看了真是撼動人心，甚至令人一掬同情之淚。

　　貫穿全詩的主題，就是「苦」字。長年在外行賈、奔波，又有必須獲利的壓力，很苦；寒冬涉水，卻連一雙鞋子都沒有，很苦。從「足下無菲」、「冬無複襦」、「夏無單衣」，更可以想見兄嫂的無情；但最苦的還是採瓜、載瓜的這一段：以孤兒瘦弱的身軀，恐怕還是在挨餓的狀態下，根本拉不動滿載的瓜車，結果是瓜車翻覆了，而路上的行人不但沒有伸出援手，反而趁火打劫、搶食散落一地的瓜。於是孤兒只能卑微地請求這些路人，至少還給他瓜蒂，讓他可以向兄嫂說明，他並沒有偷懶而沒去收瓜。可想而知，等他回到家，不管他怎麼說明、解釋，兄嫂既不會相信也不會原諒他。孤兒當然也了解這一點，回到家要面對的不是無情的辱罵，就是冷嘲熱諷。

　　果然，孤兒還沒到家，遠遠就聽到「里中」譊譊的嘈雜聲，簡單猜想應該是兄嫂故意大聲說話，要讓左鄰右舍都聽見，才可以數落孤兒的不是。此情此景，孤兒真的覺得生不如死，才會想到要寫封信給黃泉下的父母，向父母訴苦兄嫂的不好相處。由於前面已有「居生不樂，不如早去，下從地下黃泉」的句子，大概為了避免意思重複，這裡變成寫信給父母，表面上看起來，似乎語氣與心情都較為平和，其實以這樣的寫法收束全篇，反而讓人感受到更深沉的心酸與辛苦。

　　從詩中可以看得出來，孤兒遭受的是長時間的受虐，也是許多事件的串聯。再加上無人可訴，也讓孤兒的孤立無助，特別令人動容。作品巧妙地透過第一人稱「我」的敘述，使得內容更加可信，在瑣碎與跳接的生活事件中，即使敘述事件稍顯凌亂，反而更符合孤兒還在青少年階段、無法自立，不得不忍受兄嫂欺壓的身份。平實而論，第一人稱的敘述，可以呈現更多的細節，相對也更有說服力，這應該也是樂府民歌的特色。

　　本詩的用韻變化很大、非常自由。從韻腳來看,有「(苦、馬、賈、魯、苦、馬、雨)、(歸、菲、藜、悲、累、衣、泉)、(芽、瓜、家)、(蒂、計)、(書、居)」,換句話說,韻腳的平仄變化是仄、平、平、仄、平,而且最多連用七個韻腳,最少兩個,其中的「苦、馬」各出現了兩次。再看本詩的用字,除了貫穿主題的「苦」字出現了兩次,並作為韻腳之外,「淚下如雨」、「淚下渫渫」、「清涕累累」直接描繪了孤兒的淚水決堤,而「愴愴履霜」、「愴欲悲」、「居生不樂」則是情緒的自然刻劃。特別是最後的「兄與嫂嚴,獨且急歸」中,「嚴」與「急」非常生動地點出孤兒與兄嫂的互動方式,也令人深切體會這位孤兒的無助與痛不欲生的心情。

　　清代的沈德潛說這一首詩:「極瑣碎,極古奧,斷續無端,起落無跡,淚痕血點,結掇而成,樂府中有此一種筆墨。」算是很明確的一段評論。

有所思

題解

多情的女子，面對情人變心的傳聞，心情矛盾、反覆的作品。

本文

有所思，乃在大海南。何用問遺君[1]？雙珠瑇瑁簪[2]，用玉紹繚之[3]。聞君有他心[4]，拉雜摧燒之[5]。摧燒之，當[6]風揚其灰。從今以往，勿復[7]相思！相思與君絕[8]。雞鳴狗吠兄嫂當知之[9]。妃呼豨[10]。秋風肅肅[11]晨風颸[12]，東方須臾高知之[13]。

---

1 何用問遺君：用，以。何用，即用什麼，問與遺同義，問遺，贈與。遺，音ㄨㄟˋ。君，所思念的人。
2 雙珠瑇瑁簪：瑇瑁，音ㄉㄞˋ ㄇㄟˋ，即玳瑁。龜類，甲殼光滑可以製成裝飾品。簪，古人用來連接髮髻和冠的飾品，簪身橫貫髮髻上，兩端突出冠外。雙珠玳瑁簪是兩端各懸一珠的玳瑁髮簪。
3 紹繚之：紹繚，纏繞。之，指髮簪。
4 聞君有他心：聞，聽說。他心，二心，異心。
5 拉雜摧燒之：拉，折。雜，碎。摧，摧殘、毀壞。
6 當風：當，迎。當風，猶言迎風。
7 勿復：不再。
8 相思與君絕：斷絕對你的思念。
9 雞鳴狗吠兄嫂當知之：雞鳴狗吠，指天色就要亮了。而等到天一亮，兄嫂一定會發現女子一夜未眠，進而知道自己與情人鬧彆扭的事。
10 妃呼豨：象聲之辭，沒有特別的意義。應該是女子經過一番內心的掙扎，還是無法下定決心，與情人決絕，於是很自然地長嘆一聲。
11 肅肅：風聲。
12 晨風颸：晨風，鳥名，即雉。雉鳥常常朝鳴求偶，《詩經》上就有用雉鳴比喻求偶的詩句。颸為思之訛誤。晨風颸是指晨風鳥思得同類而悲鳴。
13 東方須臾高知之：須臾，過不了不久。「高」讀為ㄏㄠˋ，同「皓」；即東方發白，指天色漸明。知之，女子自我安慰說，等到天亮，就會知道怎麼辦。但事實上，女子考慮了一整個晚上，卻沒有辦法下定決心，因此這兩句，只是打不定主意時，常有的一種心情。

譯文

有一個我想念的人，在大海的南邊。用什麼東西送給你呢？就用兩端懸著珠子的玳瑁髮簪，再拿玉環把簪子纏繞吧。聽說你變了心，我立刻把珠玉裝飾的玳瑁簪子折斷、燒毀。不但要折斷、燒毀，還把燒成的灰迎風吹走。從今以後，再也不想你！對你的相思從此斷絕。快決定吧！天快亮了，天一亮，哥哥嫂嫂就會知道了。唉呀呀！陣陣秋風中，傳來晨風鳥的求偶聲，等一會兒天亮了，我就知道怎麼辦了。

賞析

　　這是一首真情流露、十分可愛的小詩。

　　說它小，因為整首詩只有十六句、七十字；說它真情流露，看這位女子從一開始對遠方情人滿懷熱情、用心準備禮物，緊接著卻是聽聞情人「有他心」，整個感情急轉直下，不但燒掉禮物，還要當風揚灰、斷絕相思。從詩中連用三個動詞「摧」、「燒」、「揚」，可以看出她的憤怒。可是就在她的情緒發洩完畢之後，小女子的心態跟著就自然地流露出來，在猶豫不決之中，更顯得一派天真。畢竟「聞君有他心」只是「傳聞」，到底是真是假，自己也不知道，而且在衝動毀掉玳瑁髮簪之後，心情上難免有些忐忑不安；如果他真的變心，自己就此放棄嗎？如果傳言有誤，那又要如何查證？就因為心情反覆不定，造成輾轉難眠。一句「雞鳴狗吠兄嫂當知之」，讓讀者可以猜想這位女子的喜怒哀樂向來都是一看就知道，所以她自己很清楚，只要天一亮，兄嫂一定會注意到自己一夜未眠，而加以責怪。這樣的左右煎熬，令她快要吃不消了，最後，只好自我安慰說：「唉呀呀！一會兒天亮了，我就知道怎麼辦了。」

　　全詩各句的字數很自由，有三字句、四字句、五字句、七字句、九字句。其中最讓後人津津樂道的句子，是「妃呼豨」這一句。女子在心情極度煎熬之下，一方面對於情人的變心十分怨怒，一方面到底要不要就此斬斷情絲，但是又怕兄嫂知道，於是不自覺地發出「唉呀呀！」這樣真摯動人的感嘆，讀起來真的是如聞其聲、如見其人。其次，本詩運用了兩個頂真「摧燒」、「相思」句，本來這兩句都是表達女子怨怒之深，並且自我強化斬斷情絲的決心。只是怨怒之深，正是來自愛情的深切。所以這裡的頂真句，反而使得讀者可以從中感受到女子內心藕斷絲連的猶豫與矛盾。

　　最後，要談的是本詩的用韻很活潑，韻腳是「（南、簪）、（繚、燒）、（灰、思、知、豨、颸、知）」。雖然都是平聲韻，卻顯得很和諧，很貼近這個為情所苦小女子的心情。畢竟在字裡行間可以很清楚地讀出：小女子的心情不管如何千迴百轉，怎麼樣也無法下定決心，與心愛的男子決裂。如果出現仄聲（包含入聲）韻，難免有些呲牙裂嘴的感覺，詩的美感也就會跟著打折扣了。

　　陳本禮說：「不如此描寫，不足以見女子一時憨恨之態。」詩中女子的「憨」與「恨」，的確是千古一絕！

延伸閱讀

詩經・國風・鄭風・將仲子

將仲子兮，無逾我里，無摺我樹杞。豈敢愛之？畏我父母。仲可懷也，父母之言亦可畏也。將仲子兮，無逾我牆，無摺我樹桑。豈敢愛之？畏我諸兄。仲可懷也，諸兄之言亦可畏也。將仲子兮，無逾我園，無摺我樹檀。豈敢愛之？？畏人之多言。仲可懷也，人之多言亦可畏也。

詩經・國風・鄭風・子衿

青青子衿，悠悠我心。縱我不往，子寧不嗣音？青青子佩，悠悠我思。縱我不往，子寧不來？挑兮達兮，在城闕兮。一日不見，如三月兮。

問題與討論

1. 〈陌上桑〉中，一開始如何描寫羅敷？

2. 〈陌上桑〉詩中，透過哪四種人映襯羅敷的美？這四種人有何失常的舉止？

3. 〈陌上桑〉詩中，有哪幾個不合理的疑點？請簡要說明。

4. 〈十五從軍征〉中，寫出了作者一連串的動作，請舉出詩句並加以說明。

5. 〈十五從軍征〉與《詩經》的反戰作品有何同異之處，請加以說明。

6. 〈十五從軍征〉中，為什麼說作者表達情感十分含蓄？

7. 〈東門行〉中，男主人返家後又憤而決心離家的原因是什麼？

8. 〈東門行〉中，女主人說出自己的願望是什麼？

9. 〈東門行〉中，哪些詩句表現了男主人最後決心離家的詩句？這些文字有什麼特色？

10. 〈戰城南〉中，使用了一種近乎諧謔的口吻，是指哪個部分？請加以說明。

11. 〈戰城南〉中，共用了五個疑問句。請一一寫出來，並說明使用疑問句的目的。

12. 〈戰城南〉中，出現了一次的轉韻，請寫出所有的韻腳。

13. 〈上山采蘼蕪〉中，「新人雖言好，未若故人姝」比較像是誰的口吻？為什麼？

14. 〈上山采蘼蕪〉中，「故人」被拋棄的原因是什麼？與《詩經》中的棄婦有何同異？

15. 〈上山采蘼蕪〉中，「故人」如何自我安慰「新人不如故」？事實又是如何？

16. 〈孤兒行〉中，為什麼說貫穿全詩的主題，就是「苦」字？請加以說明。

17. 〈孤兒行〉中，孤兒「六月收瓜」時，遭遇到什麼樣的情形？請加以說明。

18. 〈孤兒行〉中，用韻很自由也很特別，請加以說明。

19. 〈孤兒行〉中，從哪些句子或字詞，可以看出兄嫂對於孤兒的態度？

20. 〈孤兒行〉中，孤兒在作品最後說出的願望是什麼？

21. 〈孤兒行〉中，最會讓你對於孤兒心生同情的句子是哪一句？為什麼？

22. 〈有所思〉中，使用了哪三個動詞表達女子的憤怒？請寫出詩句並加說明。

23. 〈有所思〉中，「妃呼豨」這一句的意思什麼？為什麼受到後人的讚賞？

24. 〈有所思〉中，從哪些句子可以看出女子的心情反覆不定？

25. 〈有所思〉中，「雞鳴狗吠兄嫂當知之」是什麼意思？女子擔心的是什麼事情？

26. 〈有所思〉是所謂的「雜言詩」，句子有三、四、五、七、九字句，請分別寫出一句的例句。

單元四

陶淵明詩辭選

內容

陶淵明簡介
　◎陶淵明生平
　◎陶淵明作品概說
陶淵明作品選

陶淵明簡介

◎ 陶淵明生平

　　陶淵明（西元365-427），一名潛，字元亮，潯陽柴桑（今江西九江）人。

　　陶淵明的曾祖父陶侃，是東晉王朝的開國元勳，但是到了陶淵明這一代，家族已經沒落。他九歲喪父，二十九歲開始做官，但時間都很短。三十九歲開始，不得不從事農耕，以換取溫飽。四十一歲那年，在長輩的介紹下，出任彭澤令，卻只做了八十五天，就以「不為五斗米折腰」的原因，辭去官位，歸耕園田，並寫了〈歸去來辭〉來表達自己的心志。

　　歸耕田園之後，他的生活很辛苦，天災人禍接連地發生。天災使得收成不好，逼得他不得不外出乞食，作品中遂有一首〈乞食〉詩；人禍則是一把無情火燒掉了他的房子，也讓他寫了〈移居〉詩。生活的經歷，成為寫作最好的題材，並在作品中不斷出現樂天知命的態度。

　　陶淵明在宋文帝元嘉四年辭世，得年六十三歲。

◎ 陶淵明作品概說

　　陶淵明的作品一直受到後人的推崇，主要的原因有：

一、樂觀而明朗的生命態度，貫串所有作品，沒有悲涼激情。像是〈歸去來辭〉中的「樂夫天命」，說明了他對於天命的態度，就是順隨本性、聽任自然的安排，從中找到樂趣。又如〈雜詩・其一〉最後的四句：「盛年不重來，一日難再晨。及時當勉勵，歲月不待人。」以及〈雜詩・其五〉：「古人惜寸陰，念此使人懼。」都是對於時間流逝的強烈感受，並且轉而追求生命的豐盈。所以不管是「採菊東籬下」，或是「俯仰終宇宙」，或是

「登高賦新詩」，又或者是與鄰居間的「言笑無厭時」、飲酒時的「濁酒且自陶」（己酉歲九月九日）。可以說陶淵明的生活中，處處可以找到快樂。

二、作品的內容以描寫田園生活為主，全然是他的生活寫照。陶淵明的作品，描寫的題材不外乎農耕、飲酒、讀書、遊憩，有時他會寫寫所住的環境，例如〈讀山海經〉裡的「孟夏草木長，繞屋樹扶疏。眾鳥欣有託，吾亦愛吾廬。」在一般人看來，實在毫不起眼，但是陶淵明卻能發自內心的喜愛這種「無塵雜、有餘閒」的環境。有時他也會寫寫生活中發生的大小事，例如房子遇火，而有「一宅無遺宇，舫舟蔭門前……果菜始復生，驚鳥尚未還。」的詩句。

三、作品中很少使用艱澀的辭彙或典故，與自然的田園風貌相合。在陶淵明的作品中，最常出現的是農村的尋常景象，例如〈歸園田居・其一〉：「方宅十餘畝，草屋八九間。榆柳蔭後簷，桃李羅堂前。」完全沒有任何艱深的辭彙，接下來寫的「雞鳴、狗吠」，甚至會讓人產生懷疑：這樣的內容值得一寫嗎？然而這正是陶淵明作品中，最令人驚奇的地方。也就是在平淡無奇的詩句中，表達出人與自然的融合。像是〈讀山海經・其一〉詩中所寫，喝的是新釀的春酒，吃的是園中的菜蔬，而下兩句的好風與微雨，將讀書的環境布設得恰到好處。什麼樣的風是好風？簡簡單單的一個「好」字，使得讀者油然心領神會，欣羨不已。

四、動態的布局，使得詩境流轉、氣色盎然。陶淵明的作品，常常使用一種移動鏡頭似的描寫手法。像是〈歸去來辭〉中，獨自出遊時，眼中所見、足履所歷、心神所感，意象的變換都顯得十分流暢，而不是停留在某一點。又例如〈讀山海經・其一〉，從讀書

的外在環境的安適到心境的妥貼，再由遠及近、由大而小，寫到酒、蔬、雨、風，這種流動的意境，不禁令人讚嘆。他的〈飲酒・其五〉，對於遠近與動靜的交錯運用，更是出神入化，值得後人細細品味。

陶淵明作品選

歸去來辭

題解

　　歸去來辭是陶淵明在辭官不久之後寫的作品，內容描述作者作官、辭官的心情轉折，與歸耕田園後尋覓生命歸向的歷程。題目「歸去來」就是「歸去」的意思，「來」是助詞。

本文

　　余家貧，耕植不足以自給。幼稚盈室，缾無儲粟[1]。生生所資，未見其術。親故多勸余爲長吏[2]，脫然[3]有懷，求之靡途[4]。會有四方之事[5]，諸侯以惠愛爲德；家叔以余貧苦，遂見用於小邑。於時風波未靜，心憚遠役[6]。彭澤[7]去家百里，公田之利[8]，足以爲酒，故便求之。及少日，眷然[9]有歸與之情。何則？質性自然，非矯厲[10]所得，飢凍雖切，違己交病[11]。嘗從人事，皆口腹自

1　缾無儲粟：缾，瓶子，借用為米缸的意思。儲粟，多餘備用的糧食。
2　長吏：小官吏。
3　脫然：一下子。
4　靡途：沒有門路。
5　四方之事：四方，諸侯國。四方之事，指各方勢力的爭戰。
6　心憚遠役：憚，害怕。役，工作，指作官。
7　彭澤：在江西省境內，與陶淵明居住的柴桑，距離不遠。
8　公田之利：公田，供作祿俸的田。利，收益。
9　眷然：縈迴在心裡的念頭。
10　矯厲：矯，矯揉造作。厲，勉強自己。
11　飢凍雖切，違己交病：切，切身。交，更加；病，痛苦。

役[12]。於是悵然慷慨，深愧平生之志。猶望一稔[13]，當斂裳宵逝[14]。尋[15]程氏妹喪于武昌，情在駿奔[16]，自免去職。仲秋至冬，在官八十餘日。因事順心，命篇曰歸去來兮。乙巳歲十一月也。

歸去來兮，田園將蕪，胡不歸？既自以心爲形役，奚[17]惆悵而獨悲？悟已往之不諫[18]，知來者之可追；實迷途其未遠，覺今是而昨非。舟遙遙以輕颺[19]，風飄飄而吹衣。問征夫以前路，恨晨光之熹微[20]。

乃瞻衡宇[21]，載欣載奔[22]。僮僕歡迎，稚子候門。三徑就荒[23]，松菊猶存。攜幼入室，有酒盈樽[24]。引壺觴以自酌[25]，眄庭柯以怡顏[26]；倚南窗以寄傲，審容膝之易安[27]。園日涉以成趣，門雖設而常關。策扶老以流

---

12 口腹自役：口腹，指生活上的溫飽。役，奴役。
13 一稔：稔，穀物成熟；一稔，一年。
14 斂裳宵逝：斂裳，收拾衣裳。宵逝，連夜離開。
15 尋：不久。
16 駿奔：騎著快馬奔馳而去。
17 奚：何，爲什麼。
18 諫：改正。
19 舟遙遙以輕颺：遙遙，船搖動的樣子。輕颺：輕快地行駛。
20 熹微：光線微弱的樣子。
21 乃瞻衡宇：瞻，遠遠的望見。衡，門。宇，屋子。
22 載欣載奔：載，語助詞，有「則」的意思，這裡的「載……載……」相當於口語中的「一邊……一邊……」；載欣載奔，一邊高興，一邊跑著。
23 三徑就荒：三徑，使用了漢朝蔣詡隱居後，開了三條小路，只與求仲、羊仲二人往來的典故，表示自己從此隱居。荒，荒蕪。
24 樽：酒杯。
25 引壺觴以自酌：引，拿起。觴，酒杯。酌，飲酒。
26 眄庭柯以怡顏：眄，看。庭柯，庭院裡的樹木。怡顏，愉悅的容顏。
27 審容膝之易安：審，審視，深切的了解。容膝，比喻住的地方狹小，只能容納膝蓋旋轉。易安，心情上容易安樂、滿足。

憩[28]，時矯首而遐觀[29]。雲無心以出岫[30]，鳥倦飛而知還。景翳翳[31]以將入，撫孤松而盤桓[32]。

歸去來兮，請息交以絕遊[33]。世與我而相違[34]，復駕言[35]兮焉求？悅親戚之情話，樂琴書以消憂。農人告余以春及，將有事於西疇[36]。或命巾車[37]，或棹[38]孤舟，既窈窕以尋壑[39]，亦崎嶇[40]而經丘。木欣欣以向榮，泉涓涓[41]而始流。善萬物之得時，感吾生之行休[42]。

已矣乎！寓形宇內復幾時[43]，何不委心任去留[44]？胡為遑遑欲何之？富貴非吾願，帝鄉[45]不可期。懷良辰以孤往[46]，或植杖而耘籽[47]。登東皋以舒嘯[48]，臨清流而賦詩。聊乘化以歸盡[49]，樂夫天命復奚疑？

---

28 策扶老以流憩：策，拄著。扶老，拐杖。流憩，流走、休息。
29 時矯首而遐觀：時，偶而。矯首，抬起頭。遐，遠。
30 岫：音ㄒㄧㄡˋ，山峰。
31 景翳翳以將入：景，日光。翳翳，昏暗的樣子。將入，快要消失不見。
32 盤桓：徘徊。
33 息交絕游：斷絕世俗的交游。
34 相違：相互背離。
35 言：虛詞，沒有意義。
36 西疇：西邊的田地。
37 巾車：有幃幕的車子。
38 棹：船槳，這裡當動詞用，划著船槳。
39 窈窕：本意是女子身材美妙，這裡指蜿蜒幽深的山路。
40 崎嶇：道路不平。
41 涓涓：水流細小不停的樣子。
42 行休：行，將。休，止。
43 寓形宇內：寓，寄託。宇內，天地之間。
44 何不委心任去留：委心，任隨心意。去留，去指離開人世，留指活著。
45 帝鄉：帝，天帝。帝鄉即仙境。
46 懷良辰以孤往：懷，趁著。良辰，美好的時光。孤往，獨自前往。
47 或植杖而耘籽：植杖，把手杖插在一旁。耘，除草。籽，在禾苗的根部培土。
48 登東皋以舒嘯：東皋，東邊的高地。舒嘯，開懷長嘯。
49 聊乘化以歸盡：聊，姑且。乘化，順著大自然的變化。歸盡，走到生命的盡頭。

譯文

我的家裡貧窮，耕種不夠維持生活；孩子又多，米缸裡經常沒有存糧。對於維持家中的生計，找不到好的辦法。親戚朋友大多勸我謀個官職，我的心裡一下子也有出仕的念頭，卻沒有門路。後來遇上了各方勢力爭戰，諸侯們廣施仁德；家叔因我貧苦，便薦舉我做個小縣令。當時局勢動盪，心裡害怕會到遠地工作。而彭澤縣距離住家百里，公田的收益，夠我釀酒，於是就便請求擔任縣令。過沒多久，心中一直縈繞著回鄉的念頭。為什麼呢？因為天性愛好自然，並不是矯揉造作、勉強得來，挨餓受凍，雖然切身，違背本性卻更加痛苦。以前曾經出去作官，只是為了衣食溫飽而奴役自己。在這樣的時候，心中感到十分惆悵、感慨，深深覺得愧對了平生的志願。還希望做滿一年之後，就應當收拾行裝連夜離職。不久，嫁給程家的妹妹在武昌去世，我急著奔喪，自行辭去官職。算算從仲秋到冬天，在職八十多天。因為事情順心，寫了這篇辭，題為歸去來兮。乙巳年十一月。

回去吧！田園都快荒蕪了，為什麼還不回去呢？既然是自己讓形體役使了心志，為什麼還要獨自懊悔、悲傷呢？我明白過去的已經無法挽回，也知道未來的還來得及改正。幸好迷失的路程還沒有走得太遠，就覺察到今日的正確和從前的錯誤。小舟輕快地在水面行駛，微風飄飄地吹拂著衣裳。偶而向行人探詢前面的路程，只恨那晨光幽微，還不快快天亮。

於是，我遠遠望著我的屋門與房舍，滿懷喜悅，跑了起來。僮僕們列隊歡迎，幼兒也在門口等候。門內三條小徑已經快要荒蕪了，幸好松樹和菊花依舊。牽著幼兒走進屋內，杯中斟滿了酒。拿起酒壺、端起酒杯，且斟且飲。望著院子裡的樹木，臉上不覺展露了歡顏。靠著南窗，來寄託我傲然的胸懷，雖然居處狹小，反而容易心安。天天到園裡隨意走走，頗有樂趣；大門雖有，卻經常關著。拄著拐杖，邊走邊瀏覽風景邊休息，偶而抬起頭來向遠

處觀賞。雲兒無心地飄出了山谷，鳥兒飛倦了也知道回巢休息。黃昏的日光漸漸消逝，只有我還手撫著孤松，獨自地徘徊。

回去吧！請讓我從此斷絕一切的交遊。世俗既然和我相違背，我又何必汲汲遑遑想去追求什麼呢？親戚間的真心話，使我心情愉快；彈琴、讀書的快樂，可以排遣我的憂愁。農人告訴我春天來了，就要到西邊的田地裡工作。有時趕著蓬車，有時划著小船，既曾尋訪幽深的澗谷，也曾走過崎嶇的山丘。花木欣欣向榮地生長，泉水涓涓開始流動。我為萬物都能及時生長而高興，也為自己行將終止的一生而感歎。

算了吧！人的形體寄存在天地間能有多久呢？何不隨心所欲，聽任命運的安排！為什麼還心神不安，打算到哪裡去呢？追求富貴不是我的心願，仙境也是不可期待的。倒不如趁著良辰，獨自到處走走，或者把手杖插在田間，用手除草培苗。或者登上東邊的高地放懷長嘯，對著清澄的溪流吟作詩篇。就這樣順著自然的變化，走到生命的盡頭！只要樂天知命，又有什麼疑慮呢？

賞析

　　這一篇作品，可說是陶淵明的代表作之一，由於寫在辭官之後不久，對於一般人理解陶淵明辭官前後心境的轉折，十分重要，也因此受到後人的重視。

　　作品共分四段，第一段寫著歸鄉途中雀躍不已的心情，第二段寫回到家之後的所見所感，第三段寫躬耕生活的面貌，最後一段抒發了個人對於生命的感懷。作品的結構有如行雲流水，令人目不暇給，我們可以從幾個角度來欣賞：

　　第一，作者的價值觀，是追求生命的自主與尊嚴。在自然本性與生活溫飽的取捨上，作者面臨了兩個截然不同的選擇，即擔任官職，擁有

穩定的收入，但必須違背本性、仰人鼻息，過著沒有尊嚴、沒有自我的日子。另一種選擇是歸耕田園，生活也許艱苦，物質方面也許並不豐厚，卻可以做自己的主人，不必看人臉色。而這種掙扎，在「飢凍雖切，違己交病」兩句裡，很生動的表現出來。至於選擇辭官之後，所獲得的精神解脫，所感受到的生命本然尊嚴，在「倚南窗以寄傲，審容膝之易安」中，可以說是這種心境的具體呈現。特別是作者已經可以體會生活的樂趣在於親友交心（悅親戚之情話）、彈琴、讀書（樂琴書以消憂）、遊憩（策扶老以流憩），至於耕種的部份，作者在此雖然沒有清楚提到，從「將有事於西疇」、「或植杖而耘耔」，還是可以感受到陶淵明對於農耕有相當的期待。

　　第二，作者在文中透過不斷的尋覓，顯然希望能夠為自己的生命找到一個終極歸屬，這應該是題目「歸去來」中「歸」的真正意旨。換句話說，「歸去」不單單是「歸鄉」、「歸田園」，更是「回歸生命的本質」、「回歸生命的歸屬」。只不過，作者即使說出自己的毅然辭官，是「悟已往之不諫，知來者之可追；實迷途其未遠，覺今是而昨非。」而實際上，從常理來判斷，一個人面臨了生命中最重要的轉折時，是不可能那麼輕易地確定，自己的選擇就是自己真正想要的。所以在文中的「流憩」、「遐觀」、「命巾車，棹孤舟」、「尋壑、經丘」都是作者心中仍然在疑惑，自己的決定是否正確。於是從「獨悲」到「孤松」，再到「孤舟」、「孤往」，在這些句子裡，「孤」顯然是一個非常重要的字，也就是說作者深切地體會到，生命旅程裡無可避免的孤芳自賞。幸好作者最後為自己的生命，找到了「安身立命」的所在：先排除了世俗所好的「富貴」與「永生」，再將整個的生命本質，放在「乘化歸盡」、「樂天知命」的結論裡，此時作者的心情，顯然也已經昇華到超

脫生命有限形體的境界了。

第三，一般的說法當中，作者在景物的描寫手法上，頗有流動的感覺，十分類似今日所謂「蒙太奇」的手法。的確，從「園日涉以成趣」到「撫孤松而盤桓」，再由「或命巾車」到「泉涓涓而始流」，這兩段的景致，那種行雲流水的感覺，很像電影運鏡時淡入淡出的手法；除了文思不斷之外，仔細的品味，作者獨自一人在悠悠天地之間、苦思人生命題的形象，很自然地浮現在讀者眼前，令人無限感慨……。

在作品的技巧上，本篇最可貴的是幾乎沒有使用典故，完全是「白描」的手法。唯一的典故只有「三徑」，其他的句子都是直接描寫風景以及作者的心境。而且大自然與作者的融合，已經到了「化境」，像是「雲無心以出岫，鳥倦飛而知還」其中的「雲、鳥」，以及下一句的「孤松」，都是作者自況；尤其是不管「登東皋」或「臨清流」，不管是「命巾車」或者「櫂孤舟」，不管是「懷良辰孤往」或者「植杖耘籽」，真的是蘇東坡說的「無往而不自得」的境界，這正是後人對這一篇作品無比推崇的原因！

全篇作品處處可見陶淵明的高風亮節貫穿其間，真的是讀其詩，想見其人，令人心神嚮往。

歸園田居　其一

題解

　　「歸園田居」是陶淵明辭官回鄉後第二年寫的一組詩，全詩共有五首，這是第一首。詩中表達了自己辭官的心路歷程，還有極為閒適的農村景象，令人感到一片祥和。

本文

少無適俗韻[1]，性本愛邱山。誤落塵網中，一去三十年[2]。羈鳥[3]戀舊林，池魚思故淵。開荒南野際，守拙歸園田。方宅十餘畝，草屋八九間。榆柳蔭後簷，桃李羅堂前。曖曖[4]遠人村，依依[5]墟里煙。狗吠深巷中，雞鳴桑樹顛。戶庭無塵雜，虛室[6]有餘閒。久在樊籠[7]裡，復得返自然。

譯文

年少時候並沒有投合世俗的性情，本性喜愛山林。誤落到紅塵的羅網之中，一下子已經過了十三年。像是被羈絆的鳥兒，眷戀著舊日的森林；又像是池

1　適俗韻：投合世俗的性情。
2　三十年：陶淵明從太元十八年（西元三九三年）擔任江州祭酒，到義熙元年（西元四〇五年）辭去彭澤令歸鄉，其間共計十二年，這一首詩在歸鄉的第二年寫作，加起來正好十三年，「三十年」應該是「十三年」的錯誤。
3　羈鳥：束縛在籠中的鳥。
4　曖曖：迷離不清的樣子。
5　依依：輕柔飄散的樣子。
6　虛室：虛，靜也；虛室，安靜的居室。
7　樊籠：關鳥獸的籠子。

中的魚兒，想念著從前的深淵。決定到南邊的田野開墾荒地，守著樸拙的本性回歸田園。宅地四周有十餘畝的田地、八九間的草房。榆樹、柳樹蔭蓋著後面的屋簷，桃樹、李樹排列在堂前。遠處的農舍迷離不清，村落裡飄蕩著輕柔的炊煙。狗在深巷中吠叫，雞站在桑樹梢上啼鳴。家中沒有塵俗雜事干擾，靜室裡有的是多餘的閒暇。長久關在籠子裡，現在才得以重返自然。

賞析

在這一首作品中，陶淵明使用了最普遍而尋常可見的農村景象，向讀者展示了極為可貴的閒適心情。

在結構上，每四句為一小段，分為五小段。第一小段寫自己本性愛好邱山，卻誤落塵網。第二小段敘述自己順隨本性，歸耕田園。第三小段寫景由大而小，從田畝、草屋到桃李、榆柳，都是田園常見之景。第四小段寫景則由遠及近，先寫遠村、墟煙，再到狗吠、雞鳴，有靜有動，畫面生動自然。最後一小段，回到自己身上，無塵雜與有餘閒對照，充滿趣味，再以「樊籠」回應「塵網」，以「返自然」回應「愛邱山」，並作為全詩總結。

在內容方面，陶淵明描寫的景象有農舍（包括方宅、草屋、人村、墟里），有靜態的植物（包括榆柳、桃李、桑樹），也有動態的動物（狗、雞及作為比喻的羈鳥、池魚），場景有比喻用的邱山、舊林、故淵，以及具有高度象徵意義的樊籠、自然；還有一前一後的堂前、後簷；有遠處的遠人村，有近景的墟里煙；有在室外耕作的南野、園田，也有在室內明心見性的戶庭、虛室……。對一般的人而言，「狗吠、雞鳴」都是再普通不過的了。但是這些看起來很自然的景物，在陶淵明的筆下，卻產生了無窮的生機與豐富的意象。透過巧妙的剪裁、安排，讀者很容易從外在的景致中，進入陶淵明的內心世界，去充分體會詩人想

要表現的那一份閒情。

　　在這一首詩裡，陶淵明罕見地使用了許多對偶的句子，例如「羈鳥戀舊林，池魚思故淵」、「方宅十餘畝，草屋八九間」、「榆柳蔭後簷，桃李羅堂前」、「曖曖遠人村，依依墟里煙」、「狗吠深巷中，雞鳴桑樹顛」、「戶庭無塵雜，虛室有餘閒」，總共有六組之多，比例算是很高。一般的說法中，陶淵明有一篇〈閒情賦〉，全篇都是排比句，對照本詩的手法，陶淵明的確有足夠的能力來創作這種排比、對偶的作品。

　　從一開始的「少無適俗韻，性本愛邱山」，到最後的「久在樊籠裡，復得返自然」。由於取用的素材，都是農村裡最最自然的景物，沒有人世間不自然的產物，的確達到了「回返自然」的境地。其中的「虛室有餘閒」，對於只能「偷得浮生半日閒」的一般人而言，有如暮鼓晨鐘，值得我們深思。

延伸閱讀

閒情賦並序　　　　　　　　　　　　陶淵明

初，張衡作〈定情賦〉，蔡邕作〈靜情賦〉，檢逸辭而宗澹泊，始則蕩以思慮，而終歸閑正。將以抑流宕之邪心，諒有助於諷諫。綴文之士，奕代繼作；因並觸類，廣其辭義。餘園閭多暇，複染翰為之；雖文妙不足，庶不謬作者之意乎。

夫何瑰逸之令姿，獨曠世以秀群。表傾城之豔色，期有德于傳聞。佩鳴玉以比潔，齊幽蘭以爭芬。淡柔情於俗內，負雅志于高雲。悲晨曦之易夕，感人生之長勤；同一盡于百年，何歡寡而愁殷！襃朱幃而正坐，泛清瑟以自欣。送纖指之餘好，攘皓袖之繽紛。瞬美目以流眄，含言笑而不分。曲調將半，景落西軒。悲商

叩林，白雲依山。仰睇天路，俯促鳴弦。神儀嫵媚，舉止詳妍。激清音以感餘，願接膝以交言。欲自往以結誓，懼冒禮之為愆；待鳳鳥以致辭，恐他人之我先。意惶惑而靡寧，魂須臾而九遷：

願在衣而為領，承華首之餘芳；悲羅襟之宵離，怨秋夜之未央！
願在裳而為帶，束窈窕之纖身；嗟溫涼之異氣，或脫故而服新！
願在髮而為澤，刷玄鬢於頹肩；悲佳人之屢沐，從白水而枯煎！
願在眉而為黛，隨瞻視以閑揚；悲脂粉之尚鮮，或取毀于華妝！
願在莞而為席，安弱體於三秋；悲文茵之代御，方經年而見求！
願在絲而為履，附素足以周旋；悲行止之有節，空委棄於床前！
願在晝而為影，常依形而西東；悲高樹之多蔭，慨有時而不同！
願在夜而為燭，照玉容於兩楹；悲扶桑之舒光，奄滅景而藏明！
願在竹而為扇，含淒飆於柔握；悲白露之晨零，顧襟袖以緬邈！
願在木而為桐，作膝上之鳴琴；悲樂極而哀來，終推我而輟音！

考所願而必違，徒契契以苦心。擁勞情而罔訴，步容與于南林。棲木蘭之遺露，翳青松之余陰。儻行行之有覿，交欣懼於中襟；竟寂寞而無見，獨悁想以空尋。斂輕裾以復路，瞻夕陽而流歎。步徙倚以忘趣，色慘慘而就寒。葉燮燮以去條，氣淒淒而就寒，日負影以偕沒，月媚景於雲端。鳥淒聲以孤歸，獸索偶而不還。悼當年之晚暮，恨茲歲之欲殫。思宵夢以從之，神飄飄而不安；若憑舟之失棹，譬緣崖而無攀。于時畢昴盈軒，北風淒淒，炯炯不寐，眾念徘徊。起攝帶以侍晨，繁霜粲於素階。雞斂翅而未鳴，笛流遠以清哀；始妙密以閑和，終寥亮而藏摧。意夫人之在茲，托行雲以送懷；行雲逝而無語，時奄冄而就過。徒勤思而自悲，終阻山而滯河。迎清風以袪累，寄弱志於歸波。尤〈蔓草〉之為會，誦〈召南〉之餘歌。坦萬慮以存誠，憩遙情於八遐。

歸園田居　其三

題解

這首作品表達了農耕的辛苦，以及陶淵明對此無悔的選擇。

本文

種豆南山下，草盛豆苗稀。晨興理荒穢[1]，帶月荷鋤歸[2]。道狹草木長，夕露霑我衣；衣霑不足惜，但使願無違。

譯文

在南山下種植豆苗，雜草茂盛而豆苗稀疏。早晨起來去鋤雜草，黃昏月出後才扛著鋤頭回家。狹窄的小路旁草木叢生，傍晚的露水沾濕了我的衣裳。衣服沾濕了不值得可惜，只希望不會違背了歸耕的心願。

賞析

這首詩歌雖然只有八句，卻十分膾炙人口。

八句當中，充份表現了躬耕田園的辛勞，不管是野草繁盛或是工時超長，都是農耕生活的最大考驗。而在面對這樣的考驗時，陶淵明採取了一種無怨無悔的執著，寧可咬緊牙關、勇於承受自己選擇之後，所帶來的各種辛苦與挑戰，並且在最後再一次強調：「但使願無違！」的確，一般人是很難確切地體會農耕的辛勞，甚至是李紳最有名的詩作：

1　晨興理荒穢：興，起。理，治理，整理。荒穢，荒蕪，田中的雜草。
2　帶月荷鋤歸：帶月，即戴月。荷，背著。

「鋤禾日當午，汗滴禾下土。誰知盤中飧，粒粒皆辛苦？」嚴格地說，恐怕即使是李紳本人，在寫這一首詩的時候，也未必真的能夠體會農耕辛勤的萬分之一！

想一想不管是過去或現在，有多少人能夠真正決定自己想過的生活，而且是那麼艱苦的生活方式，卻又無怨無悔？《論語》中稱述顏淵：「一簞食、一瓢飲，在陋巷，不改其樂。」可說是「安貧樂道」的典型例子。可是陶淵明所面對的「困境」，比起顏淵絕對是有過之而無不及。這中間包含了「幼稚盈室，缾無儲粟」的現實問題，以及「晨興理荒穢，帶月荷鋤歸」的辛勞、「草盛豆苗稀」的無奈。甚至還有「此已非常身」、「值歡無復娛，每每多憂慮」等的感慨。這些人世的滄桑，也不是得年四十二的顏淵可以理解的吧！

從詩中的「草盛豆苗稀」，有人以為足以說明陶淵明不擅農耕，或者是荒廢農事，才會造成這種結果。其實真正了解農事的人都知道，野草生長的速度與生命力，超過一般的農作物許多。因此「草盛豆苗稀」是最真實的紀錄，也是所有農民的無奈。如果以此認定陶淵明不用心農耕，未免太過污衊陶淵明了。

本詩使用了頂真的修辭手法，出現在第六句的末字與第七句的首字「衣」。使用頂真字可以吸引讀者注意，尤其陶淵明將字放在六、七句之間，在句了的意思上是有一番轉折，也就是說第六句說的「夕露霑我衣」，多少有些辛苦的感覺，可是到了第七句的「衣霑不足惜」，卻化苦為樂，配合頂真手法，文意似斷而實續，令人印象深刻。

也只有從實際生活中去實踐「但使願無違」的陶淵明，才能夠寫出「倚南窗以寄傲」的豪情吧！

乞食

題解

　　這是陶淵明的作品中，主題相當特殊的一首詩作。詩人在乞食的過程中，從一開始的尷尬不安，到與主人談笑自如，再到滿懷感謝之意，情感的流露，真摯自然，不愧為真性情的靖節先生。

本文

飢來驅我去，不知竟何之[1]。行行至斯里，叩門拙言辭[2]。主人解余意，遺贈豈虛來[3]。談諧終日夕，觴至輒傾杯[4]；情欣新知歡，言詠遂賦詩。感子漂母惠，愧我非韓才[5]。銜戢知何謝，冥報以相貽。[6]

譯文

飢餓驅趕著我出去乞食，卻不知道究竟要往哪裡走。走啊走，不覺到了這個閭里，手敲著門，一下子也不知道說什麼好。主人了解我的來意，贈送我食物，哪會讓我白跑一趟呢？還留我飲酒，歡談到黃昏，每次進酒勸飲都盡情乾杯。結識新交使我高興，因而吟詠賦詩。感激您像漂母般的恩惠，很慚愧

1　竟何之：竟，終究。之，往。
2　叩門拙言辭：叩門，敲門。拙言辭，說話拙劣，即不知如何開口。
3　遺贈豈虛來：遺，音ㄨㄟˋ，贈送。虛來，白來，白跑一趟。
4　談諧終日夕，觴至輒傾杯：諧，和樂。日夕，傍晚。傾杯，杯傾則酒盡，所以傾杯表示一飲而盡。
5　感子漂母惠，愧我非韓才：漂母，洗衣服的婦人。韓才，像韓信一般的才能。韓信年輕未發跡之前，有一位在河邊洗衣的婦人送飯給韓信，韓信則說以後一定會重金答謝。後來韓信功成名就，封為淮陰侯，果然找到當年的恩人，回贈千金。
6　銜戢知何謝，冥報以相貽：銜戢，放在心裡。冥報，死後回報。貽，贈。

我不像是韓信那樣的人才。把感激的深情藏在心裡，死後在幽冥中也要報答您。

賞析

　　這一首「乞食」詩，十分生動地呈現了陶淵明的眞性情。

　　本詩分成四小段，首二句直啓全篇，說明飢餓逼得人不得不出門想辦法，第二段寫自己的拙與主人的巧，第三段從談諧到賦詩，點出賓主二人眞情以對，第四段以自己銜戢求報的心意作結。

　　就一般的情況而言，不要說是向人要飯，就算是有事求人，相信也有很多自尊心比較強的人，根本就開不了口。可是陶淵明卻只有在一開始的時候，顯得有些不自在，到了詩的中段以後，他不但能夠完全放開胸懷，與主人喝酒、談笑，繼而吟詠賦詩，最後也能明白表達對於主人施惠的感激，與一開始的不安，形成了有趣的對比。

　　從陶淵明的眞性情來看，他可以在酒醉之後，坦率地告訴朋友：「我喝醉了，有點想睡覺，你可以離開了！」或者是放置了一張無絃的琴，而自得其樂地撫弄著，並且說出：「只要能夠了解彈琴的樂趣，又何必一定要琴絃發出聲音呢？」因此，這裡的乞食，固然是陶淵明一貫的至情至性表露，但其中似乎還有一個值得探索的問題：陶淵明爲什麼淪落到必須乞食？陶淵明就是不願意爲五斗米折腰，才會歸耕田園，又怎麼能夠不顧顏面，向人乞討求食呢？

　　其實比較合理的推論是：如果因爲當年的氣候異常，使得收成欠佳，這並不是一般的人力可以控制的事情。他在〈有會而作〉這一首詩的序中就寫著：「舊穀既沒，新穀未登，頗爲老農，而值年災，日月尚悠，爲患未已。」可見得舊新交替之際，陶淵明的生活上還是會出現無以爲繼的情形。再者，一如我們的了解，陶淵明對於農耕，一直是盡

心盡力，不會偷懶。例如在〈移居‧其二〉中，有「衣食當須紀，力耕不吾欺」的句子，表明了他相信「一分耕耘，一分收穫」的道理。在這種情形下，即使為了田裡歉收，而不得不去乞食，最多只有一開始的尷尬，而沒有什麼好羞恥的。一旦主人十分殷勤地款待，自然很容易化解陶淵明心中的一點不安，而很快地與主人「情欣新知歡」。

　　本詩使用了韓信與漂母的典故，使得句子很凝練，又能適切地表達自己的感謝之意，算是很成功的安排。

飲酒　其五

題解

　　陶淵明一共寫了二十首飲酒詩，而這一首飲酒詩，可以說是陶淵明最膾炙人口的作品了。尤其詩中的「採菊東籬下，悠然見南山。」千百年來，不知羨煞多少讀書人，希望能夠體會到那種人與自然融合為一的境界。

本文

結廬[1]在人境，而無車馬喧。問君何能爾[2]？心遠地自偏。採菊東籬下，悠然見南山。山氣日夕佳[3]，飛鳥相與還。此中有真意，欲辨已忘言。

譯文

雖然住在眾人聚居的地方，卻感覺不到車馬的喧鬧。問我為什麼能夠如此？其實心思既然遠離了塵俗，住的地方自然也就僻靜了。在東邊的籬下採摘菊花，悠閒自得地看見南山。傍晚的山嵐非常美麗，鳥兒結伴相隨飛回巢去。在此時此地的情境中，有著真正的樂趣，想要說出來，卻不知該如何說了。

賞析

　　陶淵明令後人萬分景仰的原因之一，在於作品的風格與他的人格完全一致，絕對不是一般「為文造情」、「為賦新詞強說愁」的作家可以

1　結廬：居住。
2　爾：如此。
3　山氣日夕佳：山氣，山嵐。日夕佳，傍晚時更加美麗。

比擬。

　　在這一首飲酒詩裡，陶淵明記錄了個人在歸耕田園之後，心境與大自然融合的經驗。事實上，像是謝靈運那種「身在江湖，心存魏闕」的作家，作品的技巧固然高超，描寫的景致極爲典雅，但畢竟缺少一分對大自然的眞實情感。再者，傳統士大夫所追求的「三不朽」：立德、立功、立言，在陶淵明辭官後，立功已經不可能，可是立德、立言的想法，似乎也沒有在陶淵明的心中，有什麼特殊的強烈意識。這與曹丕〈典論論文〉所說的「文章經國之大業，不朽之盛事」，或是曹植〈與楊德祖書〉的期待：「建永世之業，留金石之功」，顯然還有一段差異。甚至在陶淵明的心中，不管是立德或立言，似乎都比不上直接面對生命來得重要。因此，陶淵明對於時光流逝、生命短暫的感懷，的確帶給他相當程度的焦慮，但同時也促成他的想法更加積極，積極地面對自己的人生，並且充分享受人生。從這個角度來看這一首飲酒詩，就可以清楚掌握陶淵明沉醉在大自然、與世無爭的閒適心情。

　　詩的前四句，陶淵明向讀者提示了一個可貴的經歷：眞正的樂土，就在你我寧靜的心靈裡。而這四句的轉折自然，絲毫不見刻意雕琢的痕跡。尤其三、四句，使用一問一答的手法，巧妙的帶出主題而不覺突兀。李白有一首〈山中問答〉詩：「問余何事棲碧山，笑而不答心自閒。桃花流水杳然去，別有天地非人間。」一個問，一個表面說不答，實際上，答案卻在最後的兩句：「桃花流水杳然去，別有天地非人間。」與這一首〈飲酒〉詩頗有異曲同工的地方。這或許是詩人從大自然中所獲得的觸發是相同的吧！從另一個角度來說，李白詩中的「不答之答」，乃是大自然與個人心靈的交通，本來就是一種無可言喻的感動。這種感動人人都有，卻又可能人人不盡相同。能夠理解這一點，就

比較容易進入陶淵明所描述的境界。

　　這個境界由五到八句詩組成，乍看之下沒有什麼特別的地方，嚴格來講，每一樣都是相當尋常的事物：在東邊的籬笆旁採摘菊花（從眼睛到心靈），悠然地與南山不期而遇。看見傍晚美麗的山嵐，以及天邊盤旋飛翔的鳥兒。四句裡，有人的動作（採菊、見山），有自然的景物（夕嵐、飛鳥），由己及物、由近而遠，由己身的小動作，到動態十足的山嵐變化、飛鳥盤旋。整個的畫面，既精緻又美妙，更蘊含了人與自然合而為一的精神。大自然的種種佳趣，不管人類能不能理解、感受，它依舊存在著，而唯有詩人的心靈，才能敏感地捕捉到些許的神妙。

　　最後的兩句，為整首詩作結，點出種種的感動都是個人獨特的經驗，無法使用任何言語表達。其實心中的感動，怎麼會「欲辨忘言」呢？「欲辨」表示陶淵明試著想要分辨「此中真意」，而「此中真意」如果循著前面四句的意思，應該是指涉自然美景帶給陶淵明當下的感動。至於感動之後，引起了什麼樣的聯想，陶淵明沒有說，後人也很難隨意揣測。或許陶淵明在飲酒微醺的狀態下，並沒有清楚、具體的思緒，所以才會「忘言」。還有一種可能，陶淵明即使有所感懷，又能與誰分享、向誰訴說呢？

　　在這樣的心情下，只有淡淡的一句「欲辨已忘言」，最能表現他的心情吧！

移居　其二

　　這是陶淵明在舊居失火，搬家之後寫的詩。描寫鄰居之間情誼深厚，生活和樂，令人忘憂。

本文

春秋多佳日，登高賦新詩；過門更相呼，有酒斟酌之。農務各自歸，閒暇輒[1]相思，相思則披衣，言笑無厭時[2]。此理將不勝，無爲忽去茲[3]。衣食當須紀，力耕不吾欺[4]。

譯文

春秋兩季多的是好日子，與鄰居友人登高賦詩。到對方的門口互相招呼，有酒就斟來喝，慢慢品嚐。農忙時各自回家工作，空閒時往往相互思念。思念時就穿上衣裳，登門訪問，談談笑笑沒有滿足的時候。這樣的生活難道不夠美好嗎？不可以輕易地拋棄它。穿的吃的需要好好的經營，努力耕作必有收穫，老天爺不會欺騙我的。

賞析

　　陶淵明的作品，有絕大部份都是在描寫個人生活的面貌。

1　輒：往往。
2　無厭時：不會有滿足的時候。
3　此理將不勝，無為忽去茲：理，生活。將，豈，難道。勝，美。毋為，不要。忽，一下子。茲，此，這樣的生活。
4　衣食當須紀，力耕不吾欺：紀，經營。不吾欺，不欺吾，不會欺騙我。

在這一首〈移居‧其二〉詩中，十分生動地表現出農村社會裡濃濃的人情味。類似的意思，例如〈移居‧其一〉中，有「聞多素心人，樂與數晨夕」及「鄰曲時時來，抗言談在昔」的句子，可見陶淵明與鄰居的來往相當密切，而且面對這些「素心人」顯然不必耗費心機，難怪他會說出「言笑無厭時」這樣的心情。

陶淵明最令人感到敬佩的是，懂得充分享受怡然自得的生活情趣。像是詩一開始的「春秋多佳日」，讀者也許無法理解，什麼樣的日子（天氣），才算是「佳日」，但讀者卻很容易知道，在「佳日」裡人的心情絕對是萬分愉悅。在「佳日」裡，想必做任何事情都會精神愉快，何況是底下所說的「登高賦新詩」！此外，陶淵明的作品中，似乎很喜歡使用最簡單卻又具有極大概括性的文字，像是這裡的「佳」日，在〈飲酒〉詩有「山氣日夕佳」的句子，又例如〈讀山海經〉詩有「好風與之俱」。不管是「佳」或是「好」字，都是十分簡單卻又十分容易喚起讀者共同經驗的字，這恐怕是許多詩人的作品即使經過千錘百鍊反而達不到的成就。

接著「過門更相呼，有酒斟酌之」兩句，說的是左鄰右舍彼此一起分享酒食；而「閒暇輒相思，相思則披衣，言笑無厭時」三句，則直接透露出人類最純真的情感。很多時候，人與人之間有太多世俗的顧慮，使得彼此產生許多不必要的隔閡。《世說新語》記載，王徽之在大雪之夜出門訪友，卻在朋友的門口折返，而說出「乘興而來，盡興而歸」的話。這種訴諸個人直接感受的純真，恐怕正是陶淵明與世俗之人最大的差異。而兩次的「相思」，巧妙地使用了頂真的修辭手法，也讓「相思」的感染力生色不少。

最後值得關注的是，陶淵明在詩中再一次的表達對於農耕的態度，也就是「衣食當須紀，力耕不吾欺」。這種精神與「衣霑不足惜，但使願無違」的執著，十分一致地顯現出對於農耕生活的無怨無悔，也同樣令人感動。

雜詩　其一

題解

　　陶淵明一共寫了十二首雜詩，這是第一首。十二首的雜詩，大多描寫人生無常、生命短暫。但在這樣的感嘆中，陶淵明並沒有消沉以對，反而自我提振，進而得出及時行樂的人生觀，十分可貴。

本文

人生無根蒂，飄如陌上塵。分散逐風轉，此已非常身[1]。落地為兄弟，何必骨肉親？得歡當作樂，斗酒聚比鄰[2]。盛年不重來，一日難再晨。及時當勉勵，歲月不待人。

譯文

　　人生在世，沒有根蒂，飄忽不定，好像路上的塵土。隨風追逐旋轉，四處飄散，已經不再是原來的樣子了。人生下來，就是兄弟，何必要同胞骨肉才相親？得到歡樂的時候，應當盡情歡樂，即使只有一斗酒，也不妨邀聚近鄰同飲。人的壯年一旦消逝就不會重來，一天過去了，不能再回復早晨。趁著年富力強，應該及時奮勉努力，歲月流逝是不會等待人的。

賞析

　　這一首作品，從慨嘆人世的無常、生命的短暫，到提示「四海之內

1　非常身：不是原來的模樣。
2　斗酒聚比鄰：斗酒比喻量少的酒。比鄰，近鄰。

皆兄弟」的觀念，再到把握光陰、及時行樂，主題十分鮮明。

　　人世無常、生命短暫，並不是單純的人事滄桑，而是社會黑暗所造成的深沉悲哀。在這樣的悲哀中，一般人難免會受到或多或少的影響，更不要說是傳統的讀書人。畢竟傳統的讀書人，一向懷抱著高遠的理想，希望有所作為。卻只能在個人理想不斷幻滅之後，選擇逃避現實，不問世事。比較激烈的就像竹林七賢一樣，作出驚世駭俗的行為，徒惹爭議。而像陶淵明的作法，則是回歸園林，從日常生活當中，追尋並實踐自我生命的完足。

　　日常生活中，必須親自耕種，在農閒的時候，可以飲酒、讀書、彈琴、出遊，可以與鄰居對飲、話家常、聊農耕，這些都是陶淵明生活的面貌，非常平實，也非常自然。可是最重要的是：可以活得有尊嚴，可以從中體會「把握光陰、及時行樂」的重要。「及時行樂」並不是頹廢逃避，相反的，它是一種最積極發揚生命價值的可貴情操。其實只要仔細比對陶淵明的生活樂趣，就可以獲得這樣的印象。在這一首詩中，「得歡當作樂」，接下來的句子是「斗酒聚比鄰」，意謂著這裡的樂趣，是與鄰居斗酒相聚暢飲。又例如在〈讀山海經〉詩中，他說「不樂復何如」，指的是讀書的樂趣；在〈歸去來辭〉中，他說「樂琴書以消憂」，說的是彈琴讀書的快樂……。由此可見，透過對於人世無常、生命短暫的清楚認知之後，所引導出來的「享樂主義」，事實上是告訴世人，應該及時把握時間，做自己想做的事，而且「樂在其中」，這樣的「及時行樂」，當然與一般世俗吃喝玩樂的「享樂主義」完全不同。

　　本詩的最後四句，十分膾炙人口，在完全不用任何典故的詩句中，陶淵明那種熱愛生活的精神，實在值得後人學習。

雜詩　其五

　　這首詩感嘆年少與年老時的心情、體力有所不同。對於時間的流逝，表現了相當的焦慮，因而引導出珍惜寸陰的結語。

憶我少壯時，無樂自欣豫[1]，猛志逸四海，騫翮思遠翥[2]。荏苒歲月頹[3]，此心稍已去。值歡無復娛，每每多憂慮。氣力漸衰損，轉覺日不如。壑舟無須臾[4]，引我不得住。前塗當幾許，未知止泊處[5]。古人惜寸陰，念此使人懼。

回憶自己少壯的時候，沒有快樂的事就自然覺得心情愉快。雄心壯志超越四海，像鳥兒一樣想要展翅高翔。時間漸進，歲月流逝，雄心壯志漸漸地離開了。遇到歡樂的事情，再也不覺得可樂，常常有著較多的憂慮。身體氣力逐漸衰弱虧損，轉而覺得一日不如一日。大自然的變化發展，沒有片刻的停

1　豫：喜樂。
2　騫翮思遠翥：騫，飛舉。翮，翅膀上的硬翎，即翅膀的代稱。翥，飛翔。
3　荏苒歲月頹：荏苒，漸漸地。頹，消逝。
4　壑舟無須臾：壑，山溝。「壑舟」是出自《莊子·大宗師》裡的典故，本來的意思是說，有人擔心自己的船被偷走，就藏在山壑裡，自以為十拿九穩，沒有問題。沒有想到半夜有大力士把船整個背走。而在這首詩裡，這個詞用來比喻時光的流逝、人的衰老。無須臾，沒有片刻不在變動，即每一刻都在變動。
5　前塗當幾許，未知止泊處：前塗，前面的路途。幾許，多少。止泊處，人生的歸宿。

留，牽引著我步入衰老，無法停止。未來的時日不知還有多長，將來的歸宿也不知在何處。古人愛惜每一寸光陰，而自己卻虛度時光，想到這裡真使人感到害怕。

賞析

　　這一首十六句的詩作，以四句為一段，可以分為四段。第一段說到年輕時的心情、志趣。第二段是中、晚年心境的轉變，與年輕時的種種，正好成為強烈的對比。第三段持續說明體力的衰頹，及光陰的流逝。最後一段強調對於時光流逝的憂懼，而暗喻應該把握光陰。

　　在這一首詩作中，可以清楚地看到，陶淵明在面臨時光流逝的一貫心態：既有「時不我予」的焦慮，但也有及時把握光陰的正面意義。尤其在經過人世的翻滾之後，所謂的「立德、立功、立言」三不朽，已經不是陶淵明關注的問題。對陶淵明而言，最重要的是生命意義與價值的真切實踐，這是每一個人必須對自己完全負責的大事。

　　在詩裡，陶淵明描述了年少的「無樂自欣豫」與年長的「值歡無復娛」，這本是個相當大的變化與衝擊，而「猛志逸四海」成了氣力衰損、一日不如一日，更是令人心灰意沮。然而陶詩的可貴之處，在於詩的最後總有「撥亂反正」的態度。也就是說，陶淵明的作品當中，很少表現出失意或是厭世的心情。所以時間的流逝與個人氣力精神的衰老，使得陶淵明感受到強烈的焦慮。但是在詩的末段，他依舊將整首作品導向積極而健康的層面，告訴自己同時告訴讀者，應該學習古人愛惜寸陰。詩中罕見地出現了「墾舟」的典故，使得本詩的情調略顯嚴肅。不過，使用典故可以加深作品的意涵，就這一點而言，本詩的手法、技巧，還是值得肯定。

　　最後附帶一提的是，本書選錄的陶詩，本詩是唯一一首使用仄聲韻的作品，配合較為沉鬱的主題，顯得恰到好處，這應該不是偶然的巧思。

讀山海經　其一

題解

　　讀山海經詩共有十三首，這是第一首。詩中說明個人讀書的樂趣，極有興味。

本文

孟夏草木長，繞屋樹扶疏[1]。眾鳥欣有託，吾亦愛吾廬。既耕亦已種，時還讀我書。窮巷隔深轍[2]，頗迴故人車。歡然酌春酒，摘我園中蔬。微雨從東來，好風與之俱。汎覽周王傳[3]，流觀山海圖[4]。俯仰終宇宙[5]，不樂復何如。

譯文

初夏四月的草木茂盛生長，圍繞著房屋四周的樹木枝葉四布。鳥兒們高興著有了託身的地方，我也喜愛我自己的廬舍。耕種的農事做完了，利用空餘的時間讀我的書。住在鄉野的陋巷裡，大車進不來，常常使得舊友的大車迴轉離去。高高興與地倒著春天新釀的酒，採摘園中的蔬菜來下酒。細雨絲絲

1　扶疏：枝葉繁茂四布的樣子。
2　深轍：轍，車輪走過的痕跡。車大則車重、轍深，所以深轍是指大車。
3　汎覽周王傳：汎覽，隨意瀏覽，與下一句「流觀」意思相同。周王傳，即《穆天子傳》，是晉朝太康年間，有人盜墓所得的書。內容記載了周穆王駕馭八駿游行四海之事。
4　山海圖：根據《山海經》的內容所繪製的圖。
5　俯仰終宇宙：俯為低頭，仰為抬頭，在低頭抬頭之間，表示一下子的時間。宇，上下四方之謂宇，屬於空間概念，這裡指的是《山海經》，因為《山海經》記載各地的地理環境、物產、奇風異俗……等，等於是一部地理書。宙，古往今來是謂宙，屬於時間概念，這裡指《周王傳》，《周王傳》敘述了許多周穆王的事跡，等於是歷史書。

從東方飄來，清涼的風伴隨著它到來。隨意瀏覽觀看《周王傳》與《山海圖》。瀏覽這些圖書，在頃刻之間可以明瞭宇宙的事務，這樣還不快樂，如何才能快樂呢？

賞析

這是一首真實體會讀書樂趣的詩歌，值得所有學子細細品味！

本詩以四句為一段，在結構上頗為齊整。第一段說的是讀書的外在環境，從時節說到住居，等於是先鋪陳了讀書的時、地。接著再敘述讀書必須先排除一些可能的干擾，包括耕種告一段落，沒有其他訪客，才有更多的閒情。第三段說讀書時有好酒、好菜、好風、好雨相伴，讀書的樂趣保證加倍許多。最後一段點出主題，說明閱讀本身帶來的無窮樂趣。《山海經》是地理書，《周王傳》是歷史書，「俯仰終宇宙」的「宇宙」正是指涉這兩本書的內容。

仔細地欣賞這一首詩，不得不佩服陶淵明作品中，自然流露的生活趣味。首先我們很容易理解，「眾鳥欣有託」其實是陶淵明自己感受到「吾廬」的可愛，由自己主觀的感情投射在「眾鳥」身上，才不覺得鳥兒的聒噪。在這裡，我們不妨進一步設想：人在高興的時候，往往話就講個不停；可以想見「欣有託」的鳥兒，絕對不是安安靜靜地在樹上「休息」，而是吱吱喳喳地叫著、上上下下跳躍著。這樣的情境，除非有心人，恐怕還會嫌惡鳥兒的吵鬧，又怎能跳脫一般思惟，感受鳥兒的喜悅，並且結合成自己「愛吾廬」的滿足呢？

在第二段裡，陶淵明很清楚的告訴讀者，讀書之前必須先排開一些干擾。這裡所謂的排開，並不是完全不顧現實，像是農事關係著一家的溫飽，怎能放手不管？所以讀書的時間是「既耕亦已種」之餘的一點空閒。「時還讀我書」的「時」，表明了是抓住空檔，而不是廢寢忘食、

耽誤農耕。在這兩句裡，再一次突顯了陶淵明不是那種不食人間煙火的貧士，而是對於現實生活，具有最為深刻認知的詩人兼農夫。「窮巷隔深轍，頗迴故人車」句裡，陶淵明提到讀書時，還要閉門謝客，才能專心讀書。否則外務太多、朋友太多，容易分心，很難好好讀書，與「門雖設而常關」及「請息交以絕游」正好可以相互參照。但另有一種說法認為，「頗迴故人車」的「迴」，有「召致」的意思，使得這兩句變成兩件事：上一句是「巷子狹小，造成權貴的大車進不來而離去」，下一句則是「那些同好往往驅車造訪」。只是這個說法顯得有些迂迴曲折，而且在後面的兩段，也沒有特別提到「有朋自遠方來」切磋的樂趣，不像「談諧終日夕」、「斗酒聚比鄰」很明顯的具有「獨樂樂不如眾樂樂」的興味。

　　第三段中，寫得十分小巧可愛，即使只是一般的春酒，只是園中的菜蔬，加上夏日裡最能消暑的涼風、微雨，就足以增加許多讀書時的趣味，一個「好」字，具有極大的概括性，反而顯得興味無窮。相信體會過讀書樂趣的人，都有過這種經驗：在沒有壓力下讀書，找一個最舒服的角落、最放鬆的姿勢、最閒適的心情，還有最輕柔的音樂、最可口的飲料，最後加上最沒有心理負擔的書籍，此時此境，那種快樂與滿足，真是千金難買。而這正是陶淵明詩中的境界。

　　最後一段，總結前面的三段，點明讀書可以增長見聞、神友古人，不管是歷史故事的《周王傳》，或者是記載各地奇風異俗的《山海圖》，個人隨意地瀏覽，這種樂趣無可比擬。尤其是看著歷史、地理方面的書，與第一段點出看書的時節、地點相呼應，似乎不只是巧合，而是不著痕跡的巧妙安排。

　　整體來看，四段詩裡，都在講述「快樂」，也出現了「欣」、

「愛」、「歡」、「好」、「樂」這些正面情緒的字。另外，詩中所記，有「快樂」的外在環境，有「快樂」的時間、心情，有「快樂」的小東西（酒、菜、雨、風）伴讀，最後真正體會讀書的「快樂」。可說人生至此，夫復何求！

問題與討論

1. 〈歸去來辭〉中，陶淵明表達的「歸去」有哪兩個意義，請加以說明。

2. 〈歸去來辭〉中，出現了三次的「孤」字，為什麼？請加以說明。

3. 〈歸去來辭〉中，陶淵明能夠「倚南窗以寄傲」，請問他的「傲」從何而來？

4. 〈歸去來辭〉中，「迷途」與「昨非」，是指什麼？請加以說明。

5. 〈歸去來辭〉中，景色的描寫很有流動的感覺，請加以說明。

6. 〈歸園田居·其一〉中，用了哪些對偶的句子？請詳列出來。

7. 〈歸園田居·其一〉中，描寫農村景色有何特色？請加以說明。

8. 〈歸園田居·其三〉中，使用的頂真句是哪兩句？這兩句的意思有些轉折，請加以說明。

9. 〈乞食〉詩中，陶淵明的心境、態度有什麼樣的轉變？請加以說明。

10. 〈飲酒·其五〉詩中，陶淵明說「心遠地自偏」是什麼意思？與「絕交息游」有何關聯？

11. 〈移居·其二〉詩中，「春秋多佳日」的「佳」看來平凡，卻有極大的概括性，為什麼？

12. 〈雜詩·其一〉詩中，陶淵明對於時間流逝的態度是什麼？請寫出詩句並且加以說明。

13. 〈雜詩·其五〉詩中，陶淵明如何寫出「少壯時」與「歲月頹」在體力、精神、志向上的差異？請寫出詩句並且加以說明。

14. 〈讀山海經·其一〉詩中，陶淵明使用哪些正面、美好的字，來鋪陳讀書的快樂？請寫出這些字，並加說明。

15. 〈讀山海經·其一〉詩中，描寫讀書的外在環境及準備工作有什麼特點？

16. 陶淵明的作品中，大多取材他的實際生活，例如農耕、飲酒、讀書、遊憩，請各舉出一句詩句為例。

17. 陶淵明的作品，經常使用移動鏡頭似的描寫手法，請舉一例加以說明。

Note

Note

國家圖書館出版品預行編目資料

漢魏六朝詩選／柯金木著.
--初版.--臺北市：五南，2012.09
面；　公分.
ISBN 978-957-11-6848-7（平裝）

831.2　　　　　　　101017940

1X2Y 中國文學系列

漢魏六朝詩選

作　　　者 — 柯金木(486.2)

發 行 人 — 楊榮川

總 經 理 — 楊士清

副總編輯 — 黃惠娟

責任編輯 — 蔡佳伶

封面設計 — 賴志芳

出 版 者 — 五南圖書出版股份有限公司

地　　　址：106台北市大安區和平東路二段339號4樓

電　　　話：(02)2705-5066　傳　　真：(02)2706-6100

網　　　址：http://www.wunan.com.tw

電子郵件：wunan@wunan.com.tw

劃撥帳號：01068953

戶　　　名：五南圖書出版股份有限公司

法律顧問　林勝安律師事務所　林勝安律師

出版日期　2012年 9 月初版一刷
　　　　　2018年10月初版三刷

定　　　價　新臺幣260元